京なさけ——小料理のどか屋人情帖19

目次

京なさけ　小料理のどか屋 人情帖19・主な登場人物

時吉《ときよし》…………神田横山町の、のどか屋の主《あるじ》。元は大和梨川藩《やまとなしがわはん》藩士・磯貝徳右衛門《いそがいとくえもん》。

おちよ…………時吉の女房。時吉の師匠、長吉《ちょうきち》の娘。

千吉《せんきち》…………時吉の長男。左足が不自由だったが名医考案の装具で走れるほどになる。

大橋季川《おおはしきせん》……季川は俳号。のどか屋の常連、おちよの俳句の師匠でもある。

長　吉《ちょうきち》…………浅草は福井町でその名のとおり、長吉屋という料理屋を営む。時吉の師匠。

丈　吉《じょうきち》…………長吉屋で修業中の若者。時吉の留守を助け、のどか屋の厨《くりや》に入る。

安東満三郎《あんどうみつさぶろう》……隠密仕事をする黒四組《くろよんぐみ》のかしら。甘いものに目がない、のどか屋の常連。

京　造《きょうぞう》…………京の四条大宮《しじょうおおみや》の料理屋宮戸屋《みやとや》の跡取り。店を護《まも》ろうと江戸に長吉を頼る。

おさち…………京造の嫁。京造の母のおやえにこき使われながらも耐えていた。

良松《よしまつ》…………宮戸屋の若い料理人。京造とおさちの下で修業を続ける。

大造《だいぞう》…………宮戸屋の先代。若き長吉に京の料理を仕込んだ。中風《ちゅうぶ》で死んでしまう。

丑之助《うしのすけ》…………板場を任された板長。大造の死後、京造の母親と夫婦同然の仲となってしまう。

おやえ…………京造の母親。宮戸屋ののれんや京料理に拘《こだわ》るあまり客を減らしてしまう。

安蔵《やすぞう》…………おさちの父。おさちの兄の安太郎《やすたろう》、安次《やすじ》と太秦《うずまさ》で京野菜を作る。

善兵衛《ぜんべえ》…………深川の味善の隠居。実子、善之助《ぜんのすけ》を亡くし、丈吉を養子に迎え店を任せる。

第一章　茸《きのこ》づくしと菊花巻き

一

「茸のうまい季《とき》になったねえ」

のどか屋の一枚板の席で、隠居の大橋季川《おおはしきせん》が笑みを浮かべた。

「ええ。今日は滝野川村《たきのがわむら》のほうからいい茸がたくさん入ったもので」

おかみのおちよが笑みを浮かべた。

横山町《よこやまちょう》の旅籠《はたご》付きの小料理屋のどか屋は、いつものように二幕目が進んでいた。

朝は名物の豆腐飯が泊まり客にふるまわれる。昼膳も近くの職人衆などに人気だ。

それが飛ぶように出ると、短い中休みが入り、二幕目に入る。

ここでは酒と肴《さかな》がふるまわれる。折々の季《とき》の恵みを用いた、一幕目より手のこんだうまい肴だ。

厨《くりや》で包丁をふるっているのは、あるじの時吉《とききち》だ。

元は大和梨川《やまとなしがわ》藩の禄を食《は》む武士だった。昔の名は磯貝徳右衛門《いそがいとくえもん》という。

それが、深いわけがあって刀を捨て、包丁に持ち替えて料理人として生まれ変わった。

縁あっておちよと結ばれた時吉は、力を合わせてのどか屋を切り盛りしてきた。二度の大火に遭い、三河町《みかわちょう》から岩本町《いわもとちょう》、そしていまは横山町にのれんを出している。

「はい、茸雑炊《ぞうすい》でございます」

その時吉が、檜《ひのき》の一枚板の席に黒塗りの椀を出した。

「おお、来た来た」

隠居がまず受け取る。

「これから冷えこむようになると、ありがたい料理だね」

その隣で、旅籠の元締めの信兵衛《しんべえ》が手を伸ばした。

旅籠の町、横山町の界隈《かいわい》に、信兵衛は何軒も旅籠を持っている。のどか屋もその一つだ。

「いつもながら、ほっこりする品《ひん》のいい味つけだ」

隠居が笑みを浮かべた。

茸雑炊はだしに塩と酒、それに薄口醤油を使う。料理によって醤油をこまめに使い分けるのも腕のうちだ。

「茸は三種合わせると、うまみが引き出されてきますので、それを殺さないような味つけにしてやればおいしくなります」

次の天麩羅《てんぷら》の支度をしながら、時吉は言った。

今日の茸は椎茸《しいたけ》と平茸《ひらたけ》としめじだ。これだけで存分にうま味が出る。

「三つ葉もいい仕事をしてるじゃないか」

旅籠の元締めも顔をほころばせた。

「ありがたく存じます」

時吉も笑みを浮かべる。

茸雑炊の味を最後に引き立てるのが三つ葉だ。あるとないとでは、風味が格段に違ってくる。

ここで旅籠に通じる入口ののれんがふっと開き、客の案内を終えたおけいが戻ってきた。

「ご苦労さま」

おちよが労をねぎらう。

「お客さんに今日は茸づくしだと言ったら、お茶を呑んだらすぐ行くから座敷を開けておいてくださいと」

ずっとのどか屋を手伝っているおけいが告げた。

一人息子の善松《ぜんまつ》を長屋の衆に預け、日の暮れがたまでのどか屋でつとめをしてくれている。朝の早いおちよは中休みのときに少し眠る。そのあいだも旅籠の掃除などをしてくれるから大いに助かっていた。

いま二階へ案内してきた客は、越中富山《えっちゅうとやま》の置き薬売りたちだった。ありがたいことに、のどか屋を定宿《じょうやど》にしてくれている。

ほかにも、流山《ながれやま》の味醂《みりん》づくり、野田《のだ》の醤油問屋など、関八州《かんはっしゅう》のあきない人が入れ替わり立ち替わりのどか屋ののれんをくぐってくれる。ここに客引きで入る初めての客が加わるから、早々に部屋がすべて埋まる日も多かった。

「承知。はい、お客さんが来るよ」

おちよが座敷に声をかけた。

そこでは三匹の猫が丸まって寝ていた。

いちばん年かさなのが、のどか屋の守り神ののどか。

その娘で、同じ茶白の縞猫がちの。

さらにその娘で、黒い縞のある青い目の猫がゆき。

みんな仲良く丸まって寝ていたところを起こされ、ふわあっと思い思いにあくびをした。

もう一匹、ゆきが生んだしょうがいる。

こちらは黒い牡猫《おす》で、ついこのあいだまで子猫だったと思ったら、早くもひとかどの猫に育った。いまは町内の見回りに出かけているようだ。

雌が三匹もいるから、年に何匹も子猫が生まれる。そのままでは猫だらけになってしまうところだが、案ずることはなかった。

（のどか屋の猫は福猫だ。一匹もらえば、家内安全、商売繁盛、子孫繁栄、いいことずくめだぞ）

いつの間にかそんな評判が立ったものだから、江戸じゅうから猫のもらい手がのどか屋を訪れるようになった。

猫縁者も増えた。なかには猫を目当てにのれんをくぐってくる客もいるから、まさに福猫だった。

「おっ、来たね」

隠居が旅籠に通じるのれんのほうを見た。

「お世話になります」

「ご無沙汰で」

荷を下ろしてきたなじみの顔が小料理屋に入ってきた。

二

茸づくしの天麩羅は、椎茸と舞茸《まいたけ》を揚げた。

按配《あんばい》よく塩胡椒《しおこしょう》をすれば、舞茸の天麩羅はことに美味だ。

「うまいっちゃ」

「江戸は天つゆもうまい」

越中から来た座敷の客が笑みを浮かべたとき、表で人の気配がした。

「おっ、小さい番頭さんがお客さんをつかまえてきたね」

一枚板の席で、旅籠の元締めが顔をほころばせた。

案の定だった。

いつものように両国橋《りょうごくばし》の西詰へ客引きに出ていた跡取り息子の千吉《せんきち》が戻ってきた

のだ。

「お客さま、ごあんなーい」

と、かわいい声を響かせる。

むろん、わらべが一人で出かけたわけではない。

のどか屋を手伝っているおそめと、信兵衛の旅籠を掛け持ちで働いているおこうという娘と一緒に客引きに出ていた。

「まあ、お二組でいらっしゃいますか。ありがたく存じます」

おちよがいそいそと出迎えた。

「朝の豆腐飯がうまそうだったから、こっちにしたよ」

佐原《さわら》から手代とともにあきないに来たという男が言った。

「ありゃ、一度食ったらやみつきですよ」

「よその宿には泊まれません」

座敷の客が調子良く言う。

「内湯つきっていうのも心が動いたんだがね」

「ええ。どちらも良さそうだったので」

もう一組は、相州《そうしゅう》の伊勢原《いせはら》から江戸見物に来た庄屋の夫婦だった。

「今日も大松屋《おおまつや》と一緒だったのかい」

信兵衛が千吉にたずねた。

「うん。升《ます》ちゃんと番頭さんと呼び込みしてた」

千吉が答えた。

同じ通りにある旅籠の大松屋の息子、升造《ますぞう》は千吉の遊び仲間だ。

信兵衛が持っている旅籠はいくつかあるが、内湯がついているのは大松屋だけだった。一方、のどか屋は料理が売り物だ。どちらにするか、客が悩むこともしばしばだった。

「では、お部屋を選んでいただきましょう」

おちよが笑顔で言った。

「いま空いておりますのは、お二階の眺めのいいほうの『は』と、静かなほうの『に』『ほ』でございます」

「『い』は取っちまったので」

「いの一番だから」

座敷の客が言った。

「その隣の『ろ』も埋まっていて、いまは湯屋のほうへ」

おけいが身ぶりをまじえて言う。

「並びの一階にも『と』の部屋があるのですが、足のお悪い方や酔っておられる方のために最後まで空けておくようにしております」

おちよは立て板に水で言った。

「『へ』はないんですか？」

伊勢原の庄屋の女房がたずねた。

「それは、語呂がよろしくないので」

おちよが答えたので、のどか屋に和気が満ちた。

「では、眺めのいい『は』を頂戴してもよろしゅうございましょうか」

佐原のあきんどが腰を低くして問うた。

「どうぞどうぞ、われわれは静かなほうがよろしゅうございますので」

伊勢原の庄屋が譲る。

「では、『ほ』へご案内します」

おそめが心得て荷を手に持った。

「裏手に梯子段《はしごだん》がございますので」

おこうも動く。

こうして、旅籠の空きは、早くも残り二部屋となった。

三

「おなかすいた」

千吉が無邪気に言った。

「だったら、客引きのほうびに椎茸を揚げてやろう」

時吉が鍋を指さした。

「わあい」

「それから、松茸《まつたけ》も揚げさせてもらいます」

客のほうを見て、時吉が言った。

「いいね」

「おなかが鳴るよ」

隠居と元締めの声がそろう。

天麩羅はだんだんに揚がっていった。

「この音も、料理のうちだね」

隠居が鍋を指さした。

「……のどか屋や秋の恵みの揚がる音」

珍しく、おちよが先に発句《ほっく》を詠《よ》んだ。

「座敷へ運ぶおかみ美し」

季川がすかさず付ける。

「おお、うまそうだ」

「揚げたてを食べるっちゃ」

座敷の客が身を乗り出す。

千吉は、はふはふ言いながら椎茸の天麩羅をほおばっていた。

ことに肉厚の椎茸だ。わらべがもてあましてるから、また和気が生じる。

ほどなく、松茸の天麩羅も揚がった。

まだまだあるので、残りは網焼きにする。ことに香ばしい秋の恵みだ。

「ご案内、終わりました」

「お茶をお運びします」

おそめとおこうが戻ってきた。

「はい、ただいま」

おけいは心得て茶の支度をしていた。

盆に急須と湯呑みと茶菓子をのせ、二人の女はまた引き返していった。

「忙しいのは何よりだね」

松茸の天麩羅に舌鼓《したつづみ》を打ちながら、隠居が言ったとき、表で人の気配がした。

「またお客さまかしら」

おちよがのれんのほうを見る。

ほどなく、ふわりとのれんが開き、見知った顔がのぞいた。

「じいじ」

千吉が笑みを浮かべる。

「おう」

姿を現したのは、千吉の祖父でおちよの父の長吉《ちょうきち》だった。

ただし、一人ではなかった。

見知らぬ若者をつれていた。

四

座敷に陣取っていた越中の薬売りたちが、気を利かせて腰を上げてくれた。

「相済まないことで」

長吉が頭を下げる。

「すまんことでございます」

若者も礼を言った。

時吉とおちよは思わず顔を見合わせた。若者の言葉つきには明らかな上方《かみがた》なまりがあったからだ。

「なんの」

「うまい茸を、たらふく食ったっちゃ」

薬売りたちは上機嫌で出ていった。

「泊まり部屋は空いてるか」

長吉はいくぶん声を落としておちよに訊いた。

「ええ、一階と二階に一部屋ずつ空いてるけど」

おちよがけげんそうに答える。

「では、しばらく泊まらせてもらえますやろか」

若者がたずねた。

「話がすぐついたら、そんな長逗留《ながとうりゅう》にはならねえだろうがな」

どこかあいまいな顔つきで、長吉は言った。

「いや、こっちでも包丁の修業をさせてもらいたいもんで」

若者がそう言って軽く頭を下げた。

「修業に来たの？　お兄ちゃん」

物怖《ものお》じしない千吉が、厨の隅から声をかけた。

包丁の稽古ができるように、踏み台をこしらえてあったのだが、背丈が伸びてきたので低いものに換えたばかりだ。

「跡取り息子の千吉だ」

長吉が身ぶりを添えた。

「そうですか。わたしは京の宮戸屋《みやとや》という料理屋の跡取りで、京造《きょうぞう》と言《ゆ》います。どうぞよろしゅうに」

若者はていねいにお辞儀をした。

「のどか屋の時吉です」

時吉も礼をする。

「のどか屋の常連です」

一枚板の席の隠居が向き直って笑みを浮かべる。

「常連の続きです」

信兵衛も和したから、のどか屋に和気が生まれた。

「まあ、お上がりください。御酒《ごしゅ》でよろしいでしょうか」

おちよがたずねた。

「酒が入ったほうが話しやすいだろう」

長吉が京造に言った。

「へえ、ほな、いただきます」

京なまりの男が答えた。

「ひとわたり肴が出たら、顔を出してくれ、時吉」

長吉が声をかける。

「承知しました」

「何かこみ入った話なの？　おとっつぁん」

勘のいいおちよがたずねた。

「まあ、そのあたりは追い追い」

いつもとは少し違う顔つきで、長吉は答えた。

五

京造はいったん荷物を二階に運んだ。

おけいが手を貸そうとしたのだが、それには及ばぬと案内だけを頼み、ほどなくして戻ってきた。

酒と肴が出た。

茸に加えて、時吉は一風変わった天麩羅を供した。

秋刀魚《さんま》の菊花巻きだ。

色よくゆでて苦《にが》みも抜き、よく絞った菊の花を秋刀魚の身で包み、こんがりと揚げる。これに包丁を入れれば、切り口から鮮やかな黄色が表れるという小粋な料理だった。

同じ秋刀魚でも、昼の膳には奇をてらわず塩焼きを出した。たっぷりの大根おろしを添え、醬油をかけて身をほぐしながら食べるのは秋の口福《こうふく》の一つだ。

「手わざだねえ」

まず隠居がうなった。

「二幕目ならではの料理だね」

旅籠の元締めも笑みを浮かべる。

「こういうお料理を、うちでも出してみたいです」

菊花巻きを食した京造が、感に堪えたように言った。

「宮戸屋でも、いろいろ華やかな料理を出してるだろう？」

長吉がそう言って酒を注いだ。

「見た目は華やかなお料理が多いんですが……」

京造は言葉を濁した。

「お味がいま一つなんですか？」

おけいがたずねた。

ちょうどおそめとおこうが戻ってきた。残りはもう一部屋だから、そろそろ元締めの信兵衛と一緒に浅草の長屋のほうへ戻る頃合いだ。

「先代からの板長さんもいますよってに、そういうわけでもないんですが……何かが足《た》らんのやと思います」

京造の口ぶりから察すると、宮戸屋はいま一つ繁盛していないようだった。

「なるほど、その足りないものをうちで修業してつかもうということですね?」

おちよが得心のいった顔つきで問うた。

「ええ、それもあるんですが……」

京造は言葉を濁した。

「まあ、食え」

長吉はいい色に揚がった舞茸の天麩羅を示した。

「へえ、いただきます」

京の料理屋の若あるじが箸を伸ばした。

ぱりっ、といい音が響く。

「ああ……」

京造の口からため息がもれた。

「江戸の天麩羅はうめえだろう」

長吉の目尻にしわが浮かぶ。

「へえ。うちとは違います」

宮戸屋の若あるじはすぐさま言った。

「揚げ物の色が濃いのは下品やと言うて、うちはなるたけ薄うしてお出ししてます。そやけど、こうやってしっかり揚げたほうがおいしい。そのあたりを、お母はんも板長はんも分かってへんのや」

最後のほうはぼやきになった。

旅籠のほうから人の声が聞こえてきた。どうやら二組の客が湯屋などへ出かけるらしい。

「では、わたしも」

「お願いします」

おけいがおちよにひと声かけて出ていった。

「じゃあ、ご案内が終わったら、今日はあがりで」

元締めの信兵衛が言った。

手伝いの女たちが浅草に戻ると、のどか屋は二幕目から三幕目に入る。

軒行灯《のきあんどん》に灯が入り、隠居も腰を上げ、千吉が寝所に入る。

こうして穏やかな時が流れ、のれんがしまわれることになるのがいつもののどか屋だ。

だが、その日は違った。

三幕目に、いちばんの山が待ち受けていたのだ。

第二章　あん巻きと八幡《やわた》巻き

一

「ここじゃちと遠いから、そっちへ移るか」

元締めの信兵衛が女たちとともに帰ったのを見届けてから、長吉が一枚板の席を指さした。

「どうぞおいでなさい」

隠居が席を空ける。

「なら、お邪魔します」

京造が腰を低くして徳利と猪口《ちょく》を運んだ。

「じいじは帰らないの？」

大根の皮の「むきむき」の稽古をしていた千吉がたずねた。

稽古の甲斐《かい》あって、わらべなのにかつらむきまでできるようになった。このところは煮物の味つけなども教わっている。跡取り息子の腕はめきめきと上がっていた。

「帰ったほうがいいのかよ」

長吉が苦笑いを浮かべる。

「ううん、そんなことないけど」

と、千吉。

「じいじはな、今日は大事な相談ごとがあって来たんだ」

長吉が明かした。

それを聞いて、おちよが小首をかしげた。

(ここにいる京造さんが修業に入るという相談じゃないのかしら。いままでもいくたりか料理の修業でのどか屋の厨に入ってるんだから、そんなに「大事な相談ごと」とは思えないんだけど……)

おちよが腑に落ちない思いをしていると、表で人の気配がした。

「あっ、平《へい》ちゃんだ」

千吉の顔がぱっと輝いた。

わらべの勘は鋭かった。

のれんが開き、のどか屋に姿を現したのは、万年平之助《まんねんへいのすけ》同心とその上役の安東満三郎《あんどうみつさぶろう》だった。

二

「あん巻き、おつくりいたしましょうか」

座敷に陣取った安東満三郎に向かって、時吉はたずねた。

粉を溶いて平たい鍋でのばし、甘いあんを包みこんだあん巻きは、近くのわらべたちにも人気だ。子供づれのお客さんのために思案した料理だが、常連でただ一人、あん巻きで酒を呑む御仁がいる。

「いいね」

打てば響くように答えた安東満三郎だ。

「おとう、千ちゃんも」

千吉も手を挙げた。

「わたしも味見をさせてください」

京造も言った。

「上方から来たのかい？」

声の調子を聞いて、安東満三郎が気安く声をかけた。

「へえ。京の四条《しじょう》大宮《おおみや》で宮戸屋という料理屋をやらせてもろてます。このたびは縁のある長吉屋さんを頼って、江戸へ来させてもらいました」

「どういう縁なんだい？」

隠居が長吉にたずねた。

「先代に世話になったんですよ」

徳利の酒を注ぐ京造のほうを見て、長吉は言った。

「京で？」

おちよが短くたずねた。

「若《わけ》えころは、包丁一本さらしに巻いて、諸国を旅しながら料理の修業を積んでたもんだ」

いくらか遠い目で、長吉は言った。

「いまの旦那みたいなものですか」

万年同心が上役を見る。

「おれは包丁じゃなく、ここの知恵だけが頼りだがよ」

安東満三郎はおのれの頭を指さした。

その名を約《つづ》めた「あんみつ隠密」の異名《いみょう》を取る安東満三郎は、黒四組《くろよんぐみ》のかしらだ。

将軍の履物や荷物などを運ぶお役目の黒鍬《くろくわ》の者は、表向きは三組までしかないことになっている。しかし、実はひそかに四組目まで設けられていた。

略して黒四組が携わっているのは公儀の影御用だ。大がかりな抜け荷などにも対処できるように、あんみつ隠密をかしらとする黒四組は日《ひ》の本《もと》じゅうを自在に飛び回っている。

そのなかに、江戸だけを縄張りとしている者がいる。それが万年平之助同心だ。

千吉が「平ちゃん」と気安く呼んでいる万年同心は、さまざまなりわいに身をやつして江戸の市中を見廻っている。一見すると町方の隠密廻りのようだが、実は黒四組というえたいの知れないお役目につき、幽霊同心とも呼ばれていた。

「はい、お待ち」

ここであん巻きができた。

器用に金べらを操りながら、時吉が次々に仕上げていく。

「お待たせしました」

おちよが座敷の安東満三郎のもとへ運んでいった。

「ありがとよ。酒の肴はこれにかぎるからな」

あんみつ隠密がそう言って相好《そうごう》を崩したから、万年同心がうへえという顔つきになった。

黒四組のかしらは甘いものに目がない。甘ければ甘いほど良くて、いくらでも酒が呑めるというのだから、よほど変わった御仁だ。一方の万年同心はなかなかの舌の持ち主で、存外に味にうるさいから侮《あなど》れない。

「こちらにも」

時吉は京造に出した。

「おまえにもな」

「わあい」

最後に千吉の番が来た。

「やけどしないようにね」

さっそく手を伸ばした千吉に向かって、おちよが言った。

「ああ……」

京造がまたため息をついた。

「いかがです？」

時吉が問う。

「こういうあつあつの甘いもんなんて、下品やと言うて、お母はんは顔をしかめて終わりですわ」

宮戸屋の跡取り息子はなさけなさそうな顔つきになった。

「上品な京菓子にあこがれますけど」

横合いからおちよが言う。

「そやけど、ぺっとしたもんしか出しませんねん。ひと口で終わりです」

京造は指で量を示した。

「で、長さんは先代のもとで修業したわけだね」

隠居が話を元に戻した。

「そうなんで。いまでも折にふれて京風の料理を出してますが、その源は宮戸屋の先代の大造《だいぞう》さんから教わったものなんですよ」

「わたしもお父はんからは手取り足取り教わりました」

京造は残りのあん巻きを胃の腑に落としてから続けた。

「そやけど、まだまだこれからというときに中風《ちゅうぶ》でこけてしもて、看病の甲斐もなく死んでしもたんですわ。それからだんだんに見世が流行《はや》らんようになってしまいましてなあ」

宮戸屋の跡取り息子は嘆いた。

「何かわけがあるのかい」

座敷からあんみつ隠密がたずねた。

「へえ。わたしがまだ頼りなかったよってに、お母はんは板長の丑之助《うしのすけ》はんを頼りにするようになったんですわ。ただ頼りにするだけやのうて、その……」

京造は言葉をのみこんだ。

「男女《なんにょ》の仲にもなったというわけかい」

酸《す》いも甘いもかみ分けた隠居が、うまく助け舟を出した。

「そのとおりで」

京造が渋い顔で答える。

「表向きは先代の女房の大おかみと、古参の板長なんですが、裏ではまあ夫婦《めおと》です。その二人が宮戸屋を仕切っていて、わたしらの思案したことや、言いたいことには聞く耳持ってくれまへんねん」

「わたし『ら』と言いますと?」

おちよが耳ざとく聞きつけてたずねた。

「へえ。嫁のおさちが若おかみなんですが。あごでこきつかわれてるだけで、相済まないくらいで。いまもわたしが思うところあって江戸へ出てきたもんで、宮屋でどうしてるかと思うと、胸が痛みます」

京造は心《しん》の臓《ぞう》に手を当てた。

「宮戸屋って名は、大川の別称の宮戸川から採ったんだろう？」

よろずに物知りのあんみつ隠密がたずねた。

「そのとおりで。先代のお父はんは江戸にも舌だめしに足を運んで、濃口醤油も使《つこ》た人でした。江戸の料理のええとこも取り入れて、京の人に召し上がっていただこうということで、宮戸屋っちゅう名にしたんです」

「大造さんは器量の大きい料理人だったからな。江戸の料理どころか、民が家でつくって食べているものでも決して見下《みくだ》すことはなかった。どこかしらいいところを見つけて、おのれのものにしようとしていた」

長吉が言った。

「いいりょうけんをしてたんだね」

千吉が大人びたことを口走ったから、のどか屋に和気が満ちた。

そこで次の肴が出た。

江戸前の穴子《あなご》の八幡巻きだ。牛蒡《ごぼう》を穴子の身でくるくると巻いて金串を打ち、味醂醤油をかけながらいくたびか香ばしく焼く。仕上がるまでの匂いも料理のうちだ。

「お待ちどおさまです」

おちよが座敷の万年同心に運んでいった。

「おっ、おめえらにはやらねえぜ」

浮足立ってきた猫たちに告げる。

「駄目よ、しょうちゃん」

おちよはいつのまにかいちばん図体が大きくなった牡《おす》の黒猫をひょいとつかみ上げ、ぞんざいに土間に下ろした。

「江戸の味だね」

隠居が笑みを浮かべた。

「こういうのも大おかみは駄目かい？」

長吉が跡取り息子にたずねた。

「品《ひん》がないて言うて嫌います。京の鱧《はも》がいちばんや、と」

京造は浮かない顔で答えた。

「お客さんは品を食べにきてるわけじゃないですからね」

　時吉が言った。

「そうなんです。なかなか満腹にもならへん品《ひん》がええだけの料理を出して、銭だけはよそよりたんと取るんどっせ。そら、流行らへん。あかんあかん」

　京造は身ぶりをまじえて嘆いた。

「お皿が、上から出てるんじゃないの?」

　千吉がだしぬけに言ったから、祖父の目尻にいくつもしわが寄った。

「言おうと思ったことを先に言われちまったぜ」

　そう言いながらも、長吉は嬉しそうだった。

「これでのどか屋も安泰だよ。……いい按配の焼きかげんだ」

　穴子の八幡巻きに舌鼓を打ちながら、幽霊同心が言った。

「下手《へた》したら、幕府よりのどか屋のほうが長く続くぜ」

　諸国を巡り、世の中の動きに詳しい黒四組のかしらも言う。

　そのあんみつ隠密のもとへ、おちよがおなじみのあんみつ煮を運んでいった。

　油揚げの甘煮だ。油揚げを醬油と砂糖で甘く煮た簡明な料理は、酒の肴として安東満三郎にしょっちゅう出してきたから、いつしかその名がつくようになった。

「ほんに、言われるとおりなんですわ。宮戸屋の料理の皿は、どれもこれも上から出てますねん」

京造の表情は晴れなかった。

「先代の大造さんは、そういった料簡違いをしねえ人だったんだがな」

長吉はそう言って、注がれた酒を苦そうに呑んだ。

皿を上から出すな。

その教えは、時吉も師の長吉からたたきこまれた。

皿には料理人の我《が》を盛ってはならない。

（どうだ、うまいだろう。料理人ならではの美しい見た目だろう。ありがたく食え）

そんな料簡で、皿を上から出したりしたら、客に伝わってやがては足が遠のいてしまう。

どうぞお召し上がりください、と下から皿を出すのが料理人の心得だ。

ゆめゆめ、そのあたりをはき違えてはならない。

師匠から口を酸っぱくしてそう言われた教えを、時吉とおちよはこれまで固く守ってきた。のどか屋が長く続いているのは、さまざまな人たちの助けもあるが、せんじつめればその教えのおかげだろう。

「わたしやおさちが言うても、お母はんも丑之助はんも聞く耳を持ちまへん。そこで……長吉さんを頼って、江戸へ出てきましたんや」

京造は思い詰めた顔つきで言った。

「修業をしに出てきたのなら、平仄《ひょうそく》が合うような合わないような……」

隠居が首をかしげた。

「へえ、わたしが修業をしたいというのはいろはの『ろ』で、用向きの『い』がありますねん」

宮戸屋の跡取り息子は控えめに指を立てた。

「どういう用向きだい？」

隠居がなおも問う。

「へえ、実は……」

京造はあいまいな顔つきで長吉のほうをちらりと見た。

そして、意を決したように続けた。

「手練《てだ》れの江戸の料理人で、お母はんや板長はんにばしっと物を言うてくれはる人に、半年、いや、三月《みつき》でも来てもらうわけにいかしまへんやろか、と先代のよしみで浅草の長吉さんにお願いしにきたんですわ」

だんだん話が読めてきた。

「そう言われても、おれの見世の弟子には荷が重かろう。みんなまだ修業中だからな。一癖も二癖もある京の料理屋に乗りこんで、はっきり物を言うような芸当ができるやつなんて、一人もいやしねえ」

長吉は言った。

「ひょっとして、おとっつぁん……」

おちよが顔つきを変えた。

「わたしに京へ行けと？」

時吉も驚いたように問う。

「白羽の矢を立てるとしたら、おめえしかいなかったんだ」

長吉は苦しげに答えた。

「おとう、京へ行っちゃうの？」

千吉が泣き顔になる。

「いや、まだ決まったわけじゃ……」

時吉は当惑顔になった。

「ご無理やったら、あきらめます。そやけど、このままでは、宮戸屋はつぶれてしまいますよってに、どうか一つ、お力を貸してくれまへんやろか。このとおりで」

京造は長床几《ながしょうぎ》から腰を上げ、やにわに床で土下座《どげざ》をした。

のどか屋に何とも言えない気が漂った。

座敷であんみつ隠密と幽霊同心が顔を見合わせる。

おちよは父のほうを怖い顔で見た。

関わりがないのは猫たちだけだ。ゆきとちのがくんずほぐれつの猫相撲を繰り広げている。

「まあ、それじゃ話ができないんで、戻ってください」

時吉が声をかけた。

「へえ……」

京造はおもむろに立ち上がった。その足元が少しもつれる。

「初めから半年だの三月だのと区切らなくてもいいんじゃねえか？　要は、大おかみと板長に料簡違いを悟らせりゃいいわけだろ？」

座敷から安東満三郎が言った。

「京に着くなり、どーんと物を言って胸に響かせりゃ、京へ物見遊山に行ったのと変わりはねえや」

万年平之助も和す。

「時吉も上方の出だから、ついでに里帰りもできるだろう」

長吉が水を向ける。

「上方と言いましても、大和梨川は数のうちに入っていないような田舎ですし、もう縁者もほとんどおりませんので」

時吉は乗り気薄で答えた。

「のどか屋はどうするの、おとっつぁん。朝の早いお客さんもいるし、わたしは厨にまで立てないよ」

おちよが不服そうに言う。

「そりゃあ、助《すけ》っ人《と》を出す」

長吉はすぐさま答えた。

「のどか屋ののれんに傷をつけないような若いやつを選んで、時吉が戻るまでしっかり厨をやらせる」

長吉はそう請け合った。

「だったら、その若い人を京にやればいいじゃないの」

と、おちよ。

「そういうわけにはいくめえ。料理をつくるのと、料理人の料簡違いをさとすのとでは、えれえ違いがあるぞ」

長吉は身ぶりをまじえた。

「千ちゃんもやる」

べそをかいていた千吉が、だしぬけに意を決したように言った。

「何をだい？」

隠居が温顔で問うた。

「くりや」

わらべは揚げ物の鍋を指さした。

「そりゃあ、まだちょいと荷が重いかもしれないね」

隠居が笑みを浮かべた。

「背丈も伸びたし、あと五年くらいで立てるかもしれねえがな。ま、できればよその厨でも修業したほうがいいと思うが」

長吉が言う。

「よそのくりやへ行くの？」

千吉が心細そうな表情になった。

「千吉の話はいいから、おとっつぁん。話がややこしくなるので」

おちよが不服そうに言った。

いくらか間があった。

「で、しばらくのどか屋に逗留するのかい」

あんみつ隠密が助け舟を出すように問うた。

「へえ、そうさせてもらいます。京へ来ていただくのはあつかましいお願いですさかい、無理ならわたしだけでも修業をと」

京造が答える。

「おれからも、無理にとは言わねえや。よくよく二人で相談してくれ」

長吉はそう言って、猪口の酒を呑み干した。

三

その晩――。
寝息を立てている千吉の横で、おちよがため息をついた。

「おまえさん、起きてる？」

時吉に声をかける。

「ああ」

短い返事があった。

おちよがぼやいた。

「急に降ってわいたような話で。まったくもう、おとっつぁんたら」

「先代に世話になったんだから、無下《むげ》に断ることもできないだろう。わざわざ京から出てきたんだからな」

時吉は答えた。

「どうも京の人って、心に裏表がありそうで、なんだか嫌」

おちよが包み隠さず言った。

「たしかに、ずっと都があったところだから、おれが生まれ育った大和梨川などはものすごく見下しているだろう」

「江戸も見下してるんじゃないの？」

「そういうところもあるだろうな。ただ……」

時吉は言葉を切った。

「ただ？」

おちよが先をうながす。

「客を見下しちゃいけない。それは料簡が違う」

今度はきっぱりと言った。

間があった。

のどか屋の猫なのかどうか、なき声だけがどこか物悲しく響いている。

「おまえさん、行く気なのね」

おちよがそう言って、また少しため息をついた。

「まだ決めたわけじゃない。もう少し、京造の人となりを見てからだ」

時吉は慎重に答えた。

「……分かったわ」

おちよは何かを思い切ったように言った。

「おとっつぁんも先代に義理があるみたいだし、あんまり長くならないようなら、留守はなんとかする」

「すまないな。いずれにしても、もう少しつとめぶりなどを見てからだな」

「うん」

「明日も朝が早い。そろそろ寝るぞ」

時吉が声をかけた。

「分かった。おやすみなさい」

「おやすみ」

のどか屋の長い一日が、ここで終わった。

第三章　豆腐飯と蛸飯

一

京造はだれよりも早く起き、のどか屋の前の道を箒《ほうき》で掃いていた。

「おはようございます、おかみさん」

起きてきたおちよにまず声をかける。

「おはようございます。早起きさんですね」

「へえ。ちょっとでもやらせてもらおと思て」

京造は笑みを浮かべた。

ほどなく時吉も起きてきた。

泊まり客と、朝膳を食しに来る客のために、さっそく支度を始める。

いつものように、豆腐屋と魚屋が来た。

雨で足元が悪い日など、なかなか姿が見えないと気をもむが、今日は滞《とどこお》りがなかった。

「けさはいい蛸が入ったんで」

魚屋が笑顔で言った。

「なら、昼は蛸飯に」

時吉はすぐさま決めた。

そこへ、野菜の棒手振《ぼてふ》りの富八《とみはち》も来た。二幕目にはよく客としてのれんをくぐってくれる常連だ。

「昼は蛸飯だってよ、富八」

魚屋が声をかける。

「そうかい。なら、ちょうどいいや、いい按配の葱《ねぎ》が入ったんで」

富八は青々とした葱をかざした。

「ええ按配のお豆腐ですね」

京造は豆腐屋と話をしていた。

「うちは水がいいもんで。あんた、上方から修業に来たのかい？」

「へえ。江戸の料理の修業をさせてもらおと思て」

「のどか屋さんの豆腐飯は、関八州《かんはっしゅう》から食べにくるお客さんがいるくらいだ。ちゃんと覚えて帰りな」

「そうさせてもらいます」

京造は腰を低くして答えた。

「毎度ありがたく存じます」

魚屋が頭を下げた。

「蛸の肴も楽しみだな」

富八が言う。

「おれも呑みに来ようかな」

「おう、たまには来なよ」

「銭も入ったしよう」

「のどか屋は助かるよな、そのつどの銭払いだから」

魚屋と野菜の棒手振りのやり取りを聞いて、おちよと時吉は笑みを浮かべた。

いちいち面倒ではあるが、晦日《みそか》締めではなく、仕入れのたびに銭で払っている。

のどか屋へ荷を届ければ、間違いなく銭が入る。

そう思ってもらえれば、仕入れに身が入るという読みだ。

一方、常連客は晦日締めだ。飯を食ったり酒を呑んだりするたびに巾着《きんちゃく》を取り出して銭を払ったりするのは野暮《やぼ》で艶消《つやけ》しだ。常連が飲み食いした分は、おちよと時吉が大福帳に書きつけていた。

むろん、一見《いちげん》の客とは違って、だいぶ値を引いて晦日に締める。なかには払いが遅い者もいるが、踏み倒されたことはない。時吉は元武家で、剣の達人でもある。

「そろそろ払いをお願いします」

と、にらみを利かせるだけで、支払いは進む。

朝の仕入れは済んだ。魚が薄いときは、朝膳と昼膳のあいだに大急ぎで魚河岸《うおがし》に走ることもあるのだが、今日は大丈夫そうだった。

「よし、だしを引くぞ」

時吉が京造に声をかけた。

「へえ」

京から来た若者は引き締まった顔つきになった。

二

昆布はゆうべから水に浸けてある。そのほうがじわじわとうま味が引き出されてくるからだ。

「節《ふし》を削ってくれ」

時吉は京造に命じた。

「承知しました」

京の料理屋の跡取り息子だけあって、京造は腰の入ったいい手つきで鰹節を削っていった。

時吉は京造の目つきを見ていた。

いい目をしていた。

聞けば、若おかみは大おかみにあまり気に入られていず、ねちねちと小言《こごと》を食うことが多いらしい。そんな女房を京に残し、心細い思いをさせてまで江戸に出てきたのは、よくよくの思いがあったからだろう。

その思いが、目つきにもよく表れていた。

だしづくりは順調に進んでいった。

昆布がぐらぐらと揺れだす寸前で鍋を火から下ろし、昆布を引き上げて削りたての鰹節を投じる。その鰹節がゆらゆらと沈みきってからこしてやれば、黄金《きん》色の一番だしが引ける。

「豆腐飯は二番だしでつくる」

時吉は段取りを進めた。

「煮物も二番だしどすな」

京造は心得て言った。

時吉が命じることを、京から来た若者はすぐ呑みこんでてきぱきと手を動かした。初めはだしぬけに来た厄介者のような目で見ていたおちよだが、その表情はだんだんにやわらいできた。

豆腐飯づくりが始まった。二番だしに醤油と味醂と酒を加え、木綿《もめん》豆腐を入れてじっくりと味を含ませていく。

「だしを味見してみな」

「へえ」

京造は小鉢にすくっただしを真剣な顔つきで味わった。

「どうだ？」

「江戸の香りがします」

宮戸屋の跡取り息子は感に堪えたように言った。

「ただ、お母はんも板長はんも、顔をしかめると思いますわ」

京造は何とも言えない表情で言い添えた。

「豆腐飯の醬油は濃口でないとな」

「お母はんと板長はんは『薄口命《いのち》』で、料理の色が濃うなる濃口は品《ひん》がないて言うて嫌いますねん」

「厨にも入ってないのか」

「へえ、そうどすねん」

京造は情けなさそうな顔つきになった。

「素材と料理によって醬油を使い分けるのも腕のうちだと思うが」

時吉が言う。

「そのとおりやと思います。お母はんらは、料理と違う、きれいな画《え》みたいなもんを出してるだけですねん。料理は食べてうまいのがいちばんどっせ」

「その『食べてうまい』豆腐飯がそろそろできますから」

おちよが笑みを浮かべた。

「へえ、楽しみどすな」

京造も笑みを返した。

ややあって、豆腐飯ができた。

手早く葱を刻み、あぶった海苔《のり》をもむ。そういった薬味を添えて食すと、またいちだんと深い味わいになる。

「まずは、味見をしてくれ」

時吉が丼を出した。

「へえ、いただきます」

ほかほかの飯にのった味のしみた豆腐を、まず匙《さじ》ですくって食す。それからわっとまぜてわしわしとほおばる。

豆腐と若布《わかめ》と油揚げの味噌汁を折にふれて呑みながら、薬味を添え、残りの豆腐飯を平らげる。

「うまい、のひと言どすな」

京造はそう言って満足のため息をついた。

「お客さんには、これに刺身をつける。手伝ってくれ」

「承知しました」

蛸のほかに鮃《ひらめ》も入った。

寒くなるにつれて味が良くなる魚だが、上方ではほとんど獲れない。

「つくりにするから見ていな」

時吉は手本を示した。

食い入るように見ていた京造は、よく手入れされた刺身包丁を握ると、鮮やかな手つきで鮃をさばきはじめた。気の入《はい》った包丁さばきだった。

ほどなく、客が起きてきた。朝ののどか屋はだんだんににぎやかになってきた。

「お、新入りかい？」

「なかなか男前じゃねえか」

客が気安く声をかけた。

「へえ、京から来た京造です。どうぞよろしゅうに。豆腐飯、できてますよってに」

京造の舌はなめらかに回った。

その後の動きも堂に入ったものだった。膳の出し方を時吉はじっくりと見ていたが、ちゃんと下から手が出ていた。

そのうち、千吉が起き、おけいとおそめが手伝いにやってきた。

朝の膳を出し、早く出立する客を見送る。そのかたわら、昼の膳と二幕目の肴の仕込みもする。のどか屋は目が回るほどの忙しさになる。

「毎度ありがたく存じました」

「またのお越しを」

越中の薬売りを女たちが見送る。

厨から、京造も精一杯の声を発した。

「ありがたく存じました」

「また来るっちゃ」

「修業、気張ってやってや」

客が笑顔で応える。

京から来た若者は、初日からのどか屋の水になじんでいた。

三

昼の膳の顔は蛸飯だった。

きれいに洗った生蛸をしごいてぬめりを取り、足を切り落としてから霜降りにする。

吸盤をていねいに洗ったら薄く切り、浸け汁に浸けておく。

なるたけ薄く切ってやるのが骨法《こつぽう》だ。そのほうがやわらかい食べ味になる。

蛸は京料理でも用いる。京造にやらせてみたところ、またしてもなかなかの包丁さばきを披露した。

茹《ゆ》で蛸を使ってもいいのだが、生蛸を霜降りにしただけで使うと、炊き込んでいるあいだに蛸のうま味がじわじわと飯にのって、実に深い味わいになる。

「うまいこと、お醬油を使い分けるんどすな」

京造がうなずいた。

「浸け汁は濃口、炊き込むときは薄口だな」

時吉が教える。

「せん切りの生姜《しょうが》も隠し味で」

「そうだな。生姜は味をぴりっと締めてくれる」

「味醂とお酒も、ええもんを使《つこ》てはります」

宮戸屋の跡取り息子は感心の面持ちで言った。

「味醂は流山からいいものが入るんだ。ありがたいことだよ」

時吉は笑みを浮かべた。

ほどなく、蛸飯が炊きあがった。

ざっくりと釜底からまぜてやると、ふわっといい香りが漂う。

「まあ、おいしそう」

おちよが覗きこんで言った。

「いい香りですね」

おけいが手であおぐしぐさをする。

客は次々に入ってきた。朝の豆腐飯ばかりでなく、のどか屋の昼膳も界隈の人気だ。今や遅しと見世の前に列ができ、いくたびもわびの声をかけて待ってもらうこともあるほどだった。

「おいしい蛸飯が炊きあがりました」

「鮃のお刺身もついてます」

女たちがいい声を響かせる。

千吉は寺子屋に行っている。春田東明《はるたとうめい》という手習いの師匠はなかなかの人物で、折にふれてのどか屋ののれんもくぐってくれるようになった。

「おう、また来ちまったぜ」

「朝の豆腐飯がうまかったからよ」

「普請場が近かったのが幸いでよ」

大工衆がにぎやかに入ってきた。

「はい、お膳三つ」

おちよが厨につなぐ。

昼の書き入れ時は、まさに合戦場《かっせんば》のような忙しさだ。

蛸飯に刺身に青菜のお浸し、それに味噌汁と香の物がつく。蛸飯は一度にかぎってお代わりができるようにしてあるから、あちこちから手が伸びる。おかげで目が回るような忙しさになった。

「三つ葉」

「へえ」

会話もおのずと短くなる。

時吉がよそった蛸飯の上に、さっとゆでてから切った三つ葉をのせる。彩《いろど》りと味を引き締める恰好《かっこう》の脇役だ。

「お待ちどおさんで」

京造が膳を出した。

「おっ、上方かい?」

大工が問う。

「へえ、京から修業に来たんどす」

京造は答えた。

「そうかい、いい見世に入ったな」

「江戸の料理人の技を覚えて帰んな」

「へえ」

大工衆の声に、京造はあいまいな顔つきで答えた。

無理もない。

その「江戸の料理人」に京へ来てもらおうとお願いしているのだから。

「ああ、口福《こうふく》口福」

「あしたも来るぜ」

「こうなったら、普請をわざと長引かせてやろうか」

大工衆が戯《ざ》れ言《ごと》を飛ばした。

「毎度ありがたく存じます。昼膳、七十二文いただきます」

おちよが笑顔で言った。

晦日締めの常連ではないから、そのつどお代をいただく。

「安いな」

「三十六文見世で品を二つ買ったのとおんなじだぜ」

「ありがたやありがたや」

大工衆は上機嫌で銭を払い、普請場へ向かっていった。

四

二幕目にはおなじみの顔が次々に現れた。

隠居の大橋季川と、元締めの信兵衛がまず一枚板の席に陣取った。

「どうだい。のどか屋の厨は」

隠居がいつもの温顔で京造に問うた。

「へえ、目にするもの口にするもの、何もかもが修業ですよってに」

京造が瞳を輝かせた。

「気張ってやってくれてます」

時吉が目を細めた。

「それはなによりだね」

信兵衛が言った。

肴は次々に出た。

蛸と小芋の炊き合わせ、鮃のそぎづくり、鮃のえんがわ、その他もろもろ、時吉の声に打てば響くように京造も手を動かしていた。

そのうち、千吉が女たちとともに客を連れて帰ってきた。

「今日も升ちゃんに勝ったよ」

意気揚々と語る。

大松屋の跡取り息子の升造と、どちらがたくさん客を引いてこられるか競っているらしい。

「勝ち負けじゃないからね、千吉」

おちよが軽くたしなめた。

「うん」

「どっちにしたって、信兵衛さんのところに宿代が入るんだから」

隠居がそう言ったから、のどか屋に和気が満ちた。

客の案内がひとしきり終わった頃合いに、また常連がのれんをくぐってきた。

「えー、湯屋でございます。お客さんの案内にまかりこしました」

おどけた口調で告げたのは、岩本町の名物男の寅次《とらじ》だった。

湯屋のあるじだから、のどか屋の客を案内するという大義名分で来ているのだが、実のところは本人が羽を伸ばしたいだけだった。女房も小言を言うのに飽きたのか、このところは何も言わないらしい。

「二度のおつとめで」

一緒に来たのは、朝は野菜を届けに来た富八だった。長屋が近くだから、いつもつれだってのどか屋に来る。

「おっ、そっちが京から来た人かい？」

座敷に座るなり、寅次は厨のほうを指さした。

京造のことは、富八から聞いたらしい。

「へえ、修業させてもろてます」

京造が頭を下げた。

「それで、おとう」

厨の踏み台に立った千吉が声をかけた。

「何だ？」

「京へ行くの？　行かないの？」

わらべの問いは短兵急《たんぺいきゅう》だ。

京造が手を止め、時吉の返事を待つ。

おちよもじっと見た。

重い間があった。

「師匠が先代に義理があったんだから、弟子がひと肌脱ぐところだろう」

時吉はそう答えた。

「すると、宮戸屋へ……」

京造の表情が変わった。

「料理の皿が下から出るように、料簡違いを諭しに行くことにしよう」

時吉は肚《はら》を固めて言った。

「あ、ありがたく存じます」

京造はおじぎをすると、すぐおちよのほうを見た。

「おかみさん、すまんことで。ちょっとのことですよってに、堪忍《かんにん》しておくれやっしゃ」

必死の面持ちで言う。

「うちの人の性分なら、行くだろうと思ってましたから」

おちよは半ばあきらめの境地で答えた。

「義を見てせざるは勇なきなり、だからね」

隠居が笑みを浮かべた。

「いいか、千吉」

時吉はせがれの目を見た。

「おとうが京に行っているあいだ、おかあの言うことをよく聞いて、いい子でいろ」

「うん。でも、くりやはどうするの？」

千吉はたずねた。

「じいじのとこから、腕のいい料理人が来ると思う。せいぜい助《す》けてやってくれ」

「承知」

千吉は大人びた口調で答えた。

「京にまで料理を教えに行くんですかい」

寅次が驚いたように言った。

「いや、こちらも京料理を教わるつもりです」

時吉が答える。

「料理の皿ばかりじゃなくて、人となりも下から出るからね」

隠居が手つきをまじえて言った。

「そのあたりを、お母はんと板長はんに教えてやってくださいまし。何かにつけて、人を上から見下ろしたがるんでかないまへんわ」

京造は顔をしかめた。

「京はずいぶんと変わった野菜があるらしいね」

「あきない熱心だな」

寅次があきれたように富八を見た。

「もし手蔓《てづる》があって、種をもらえたらもらってきますよ。こっちの畑で育つかどうか分かりませんが」

時吉はそう請け合った。

「ああ、そりゃ楽しみだ」

富八は両手を打ち合わせた。

「なら、善は急げだ。明日にでも長さんのとこへ行って、伝えてこよう」

隠居が言った。

「お願いいたします。それから段取りを整えて、後を託す料理人に引き継いでから京へ行くことにしましょう」

時吉の言葉を聞いて、京造がうなずいた。

「そうと決まったら、いまのうちにうめえもんを食っておかねえとな」

岩本町のお祭り男が陽気に言った。

「承知しました。どんどん出しましょう」

時吉が白い歯を見せた。

蛸のやわらか煮が頃合いになった。

すりこ木でたたき、霜降りにしてから煮汁に浸し、一刻《いっとき》（二時間）ほどじっくりと蒸してやれば、思わず目を瞠《みは》るほどやわらかい煮蛸になる。

「こんなやらかい蛸、食うたことおまへん」

京造が感に堪えたように言った。

「今日来てよかったな」

寅次が笑みを浮かべた。

「日ごろの行いがいいんで」

富八も言う。

「蛸は寿司種にもしますので」

時吉がそう言って、寿司桶を運んできた。

酢飯のつくり方はすでに京造に伝授した。しゃりをまぜず、切るように杓文字《しゃもじ》を動かす勘どころを、宮戸屋の跡取り息子はすぐさま呑みこんだ。

ほどなく支度が整った。

「寿司屋に早変わりだね」

隠居の温顔がほころぶ。

「なんでもやるもんだね」

旅籠の元締めがいくらか身を乗り出した。

「蛸に鮃もありますので、握り寿司が良かろうかと」

手を動かしながら、時吉が言った。

「京は押し寿司ばっかりですさかい、この技を覚えて流行《はや》らそと思てます」

京造がいい目つきで言った。

「なら、吉太郎《きちたろう》の細工寿司も教わったらいいぜ」

寅次が案を出した。

「ああ、それはいいかも」

おちよがすぐさま言う。

「千ちゃんの顔も、お寿司でつくってくれたんだよ」

千吉がおのれの顔を指さした。

寅次の娘のおとせと、時吉の弟子の吉太郎が夫婦《めおと》になり、細工寿司とおにぎりを出す「小菊」という見世を営んでいる。湯屋と同じ岩本町で、焼け出される前ののどか屋があったところだ。のどか屋で飼っていたみけが看板猫をつとめる見世は、遠くから も客が来るほどの繁盛ぶりだった。

「細工寿司どすか。それもぜひ教わりとおます」

京造は瞳を輝かせた。

それやこれやで、段取りが次々に決まっていった。

「まあ、せいぜい気張んな」

「江戸で覚えることはまだまだあるからよ」

岩本町から来た二人が腰を上げ、宮戸屋の跡取り息子に声をかけた。

「へえ、ありがたく存じます。気張ってやりまっせ」

京造はぽんと二の腕をたたいた。

第四章　麦とろ飯と狸汁

一

「恩に着るぜ、時吉」

長吉が頭を下げた。

「先代の大造さんが、こないだ夢に出てきてよ。かと言って、おめえに無理に行けと言うわけにもいかねえ。ちよに恨まれちまうからな」

「お恨み申し上げます、おとっつぁん……」

おちよが妙な手つきをする。

「せっかくの機なので、京料理を学んできますよ」

時吉は答えた。

のどか屋の軒行灯にそろそろ「の」の字が浮かぶ頃合いだった。隠居から話を聞いた長吉は、見世の段取りを整え、いまのどか屋へやってきたところだ。

「ちょいとした板挟みになってたんだが、これでほっとした。お、千吉、おとうがいねえあいだ、厨を頼むぜ」

長吉は急に上機嫌になって、孫に声をかけた。

「千ちゃんだけじゃ、むりだよ」

千吉の答えに、のどか屋の客までわいた。

座敷に陣取っているのは、馬喰町《ばくろちょう》の力屋《ちからや》の信五郎《しんごろう》と娘のおしのだ。大盛りの飯に芋料理など、食えば力が出る膳を駕籠かきや荷車引きや飛脚《ひきゃく》などに供している飯屋のあるじは、のどか屋の猫縁者の一人だった。

のどか屋にいたやまという猫がちゃっかり入り婿になり、うまいものを食わせてもらってまるまると太った看板猫になっている。力屋は朝早くからやっているので早めにのれんをしまい、猫好きの娘とともにこうしてのどか屋へ来ることがしばしばあった。のどか屋には四代そろった猫がいるから、旅籠付きの小料理屋に加えて、風変わりな猫屋みたいな趣《おもむき》もある。

「で、助っ人さんの段取りは？」

おちよがたずねた。

「ああ、丈吉《じょうきち》ってやつに頼むことにした。明日からこっちにやる」

長吉はすぐさま答えた。

「なかなか面白い若者だよ」

長吉と一緒に駕籠で来た隠居の季川が笑みを浮かべた。

「調子ばかりいいんで、手を抜かねえように見張ってやんな」

長吉はおちよに言った。

「よくしゃべる人？」

千吉が問う。

「ああ。料理人じゃなくて噺家《はなしか》になったほうがいいんじゃねえかと言われてるくらいだ」

と、長吉。

「なら、一枚板のお客さんの相手も安心ね」

おちよがほっとしたように言う。

「あんまり口数が少ないと、お客さんが気を遣うからね」

信五郎がそう言ったとき、表で人の気配がした。

「おっ、帰ってきたか？」

長吉が振り向いた。

京造は湯屋のあるじの寅次に案内され、細工寿司の「小菊」へ足を運んでいた。修業と言うには短いが、細工寿司の勘どころを教わるためだ。

「ただいま戻りました」

のれんをくぐるなり、京造がいい顔つきで言った。

「ご無沙汰をしておりました」

吉太郎も一緒にのれんをくぐってきた。

「指南役、ご苦労さま」

おちよが笑みを浮かべた。

「まあ、こっちへ」

隠居が手招きをする。

一枚板の席に、吉太郎と長吉が座り、京造は厨に入った。

二

「焼き牡蠣《がき》でございます」

京造が一枚板の席に皿を出した。

江戸前の牡蠣を網でほどよく焼き、塩を振っただけの料理だが、まさに口福のひと品だ。

「いつも寿司ばかりですから、舌が喜びます」

焼き牡蠣を食すなり、吉太郎が笑みを浮かべた。

「細工寿司のほうはどうだった？　段取りは分かったか」

長吉が京造にたずねた。

「へえ。花くらいでしたら、わたしでもできると思いますわ。きれいな巻き寿司も教わりましたよってに」

宮戸屋の跡取り息子が答えた。

「力屋さんからも、何かこれはという料理を教えてさしあげたらいかがです？」

おちよが座敷の信五郎に水を向けた。

「いやいや、うちは……」

力屋のあるじは苦笑いを浮かべた。

「盛りが良くて、力が出るだけの飯屋なので……ほら、ぶるぶる」

看板娘のおしのが言葉を継ぎ、だいぶ腹の出てきたゆきの両前足を持ち上げ、腹をぶるぶるとゆすった。

後ろ足をつけたまま、こうやって腹の肉をぶるぶるとゆすってやると、だんだん引き締まってくるらしい。力屋のやまとがあまりに太ってしまったから、これをやってあげたらわりかた効き目があったという話だった。

「それがいちばんどす」

京造が言った。

「お客さんにおなかいっぱい召し上がっていただいて、ほっこりしてもらうのが料理屋のつとめやおまへんか。そこんとこを、お母はんと板長はんは分かってへんねん」

跡取り息子がまた嘆いた。

「京料理だと、いっぺんに盛りのいいものを出すわけにもいかないだろうがね」

隠居が言う。

「うちだと富士盛りの飯や里芋の煮っころがしなんかがありますが」

力屋のあるじが笑みを浮かべる。

「それはそうどすねんけど、ちょっとずつお出しして、終《しま》い方にわりかたおなかにたまるもんをお出しして、お菓子と果物も出して、ああ満腹になった、宮戸屋へ来て良かったと言うていただけるような膳立てにせなあかんと思いますのや」

京造は身ぶりをまじえて言った。

「そやのに、うちは終いまで物足りん上品なもんしか出してまへんねん。宮戸屋を出てから、鰊蕎麦《にしんそば》とか食べに行かはるお客さんもいてますねんで。恥やと思います」

終いは強い口調になった。

「まあ、そのあたりは時吉も料簡違いを諭してくれるだろうからな」

長吉が手で示す。

「いきなり言うわけにもいかないので、まずは水に慣れてからで」

時吉が言った。

「どうぞよろしゅうお願いいたします」

京造はまた深々と頭を下げた。

その後は立てつづけに料理が出た。

銀杏《ぎんなん》の串焼きは、じっくりと香ばしく焼く。これも秋の恵みのひと品だ。

松茸と鴨の挟み焼きは、深い味わいがする。薄切りの松茸とそぎ切りの鴨肉を互い違いに重ね、挟み串を打つ。これに焼きだれをいくたびかかけながら焼く。串を抜き、練り辛子を添えれば出来上がりだ。

「性根《しょうね》の据《す》わった料理だね」

隠居の眉が下がった。

「いい焼きかげんだ」

師匠の長吉のお墨付きが出た。

「これは鴨肉にかぎりますのやろか」

京造がたずねた。

「いや、魚の切り身でも、鶏《とり》でもいい」

時吉はすぐさま教えた。

蓮根《れんこん》せんべいは千吉の好物だ。

ぱりっと揚がったものに塩を振っただけだが、やみつきになるうまさだ。

「おいしい」

わらべの顔がほころぶ。

だいぶ暗くなってきたのどか屋に、和気の灯りがぽっと灯《とも》った。

三

長吉屋から来た丈吉は、のどか屋の女たちとすぐ打ち解けた。

お世辞にも男前とは言えないが、ふれこみどおり口の達者な男で、折にふれて軽口を飛ばす。

むろん、千吉とも息が合った。

「のどか屋の二代目」

千吉をそう呼び、何かにつけてわらべに話しかける。千吉も二代目と呼ばれるのはまんざらでもなさそうだった。

「いい包丁さばきだねえ、二代目」

むきむきの稽古をしていた千吉を、笑顔で丈吉がほめた。

「丈ちゃんには負けるよ」

千吉がそう答えたから、のどか屋に笑いがわいた。

よろずにそんな調子で、客あしらいにも文句のつけようがなかった。

京造とは同い年らしく、話が弾んだ。

「京では甘鯛をぐじって言うんや」

「へえ、あんまりうまそうな名前じゃないな」

「言わんといてんか」

そんな按配の会話に千吉がときおり口をはさむから、のどか屋はいつもよりにぎやかになった。

丈吉の包丁の腕にはまだ甘いところがあったが、料理を学びたいという心は十分だった。厨ではよく時吉の話を聞いていた。

これなら、のどか屋は大丈夫だ。

時吉は意を強くした。

見通しが立ったのなら、善は急げだ。京造が江戸に出ているあいだ、宮戸屋の若おかみは心細い思いをしているだろう。

時吉が京へ行くことは、のどか屋の常連客や仕入れ先にたちどころに広まった。

「時さんが戻ってくるまで、まだあの世へは行けないね」

肌つやのいい顔で、隠居は戯《ざ》れ言《ごと》を飛ばした。

「留守はしっかり預かってますから」

元締めの信兵衛は請け合った。

京へ持参するのは、毎日注ぎ足しながらつくっているのどか屋の命のたれに加えて、宮戸屋にはないという濃口醬油にたまり醬油、江戸の甘味噌に仙台味噌などの調味料がもっぱらだった。

かくして、支度は整った。

吉日を選び、時吉と京造は江戸を発つことになった。

四

「なら、おかあを困らせるんじゃないぞ」

時吉が千吉に言った。

「うん、おとう」

千吉がしっかりした顔つきで答える。

昼の膳が終わり、二幕目に入る中休みのところで出立することにした。とりあえず今日は品川《しながわ》泊まりだ。せっかくの機ゆえ、東海道の宿場のうまいものを味わい、舌の肥やしにするつもりだった。

「では、お気をつけて」

おけいが笑みを浮かべた。

「あとはみなでちゃんとやりますので」

「お任せください」

おそめとおこうも和す。「の」を散らしたなじみの着物とも、しばしの別れだ。

「長々と世話になりました、おかみさん」

旅装を整えた京造が、あらたまった様子で頭を下げた。

「京造さんは、うちともお別れね」

おちよが言う。

「へえ。京から無理難題を持って来まして、ほんに相済まんことで」

京造は本当に申し訳なさそうな顔つきで言った。

「謝らなくてもいいですよ。のどか屋の大事なお弟子さんだから」

おちよは笑みを浮かべて言った。

「これからが峠なんだから、気張ってやってください。道中はうちの人をよしなに」

「へえ、ありがたく存じます」

京造はまた深々と頭《こうべ》をたれた。

「みゃあ……」

気配を察したのかどうか、守り神ののどかがひょこひょこと現れ、時吉の着物にすりっと身をすりつけた。

「頼むぞ、のどか」

時吉は首のうしろをなでてやった。

のどかは気持ち良さそうにのどを鳴らしはじめた。

「では、行ってくる」

時吉はかなり重い嚢《ふくろ》を背負った。

京造も両手に荷を提げている。江戸土産《みやげ》には乾物や干物も含まれていた。

「気をつけて」

おちよが見送る。

「いってらっしゃいまし」

おけいも笑みを浮かべた。

「なんだか泊まり客みたいだな」

「またのお越しを」

おそめがうまく切り返したので、思わず笑いがわいた。

「おみやげ、たくさんね」

千吉がねだる。

「ああ、たくさん買ってきてやるから、手習いもまじめにやれ」

「うん」

千吉は力強くうなずいた。

こうして、二人の料理人は江戸ののどか屋を発った。

五

東海道の宿場には名物料理がたくさんある。時吉と京造はそれを味わいながら京へ向かった。

小田原《おだわら》宿では、魚のすり身を山芋でつないだつみれ汁が美味だった。これに名物の蒲鉾や菓子の外郎《ういろう》がつく。

鞠子《まりこ》宿（いまの静岡県丸子《まるこ》）では、高名な麦とろ飯を食した。

梅若菜まりこの宿のとろろ汁

芭蕉《ばしょう》の発句からも力を得て、その名がとどろくようになった。

「とろろ汁に味噌汁をまぜているところがいいな」

時吉が言った。

「そうどすな。何とも言えんまぜかげんで」

京造も感に堪えたような表情だった。

ただでさえ腹にたまるのに、安倍川餅《あべかわもち》までついていた。しかも、しっかりしたこしのあるうまい餅だ。

「こういう膳の喜びを、お母はんらは知らんねん」

京造があいまいな顔つきで言った。

ちょうどそこへ、おかみがお櫃《ひつ》を運んできた。

「お代わりはいかがでございますか？　とろろもお持ちしますので」

「なら、麦とろ飯のお代わりを」

「わたしも」

二人の料理人の声がそろった。

新居《あらい》宿では、名物の鰻《うなぎ》料理を存分に味わった。蒲焼きに肝吸《きもす》いは看板どおりのうまさだった。

茄子《なす》の辛子《からし》漬けは初夢漬と呼ばれていた。

「なるほど、一富士二鷹三茄子《なすび》から採ったんだね」

飯にのせて食しながら、時吉が言った。

「鷹の肉は手に入らへんから、ご飯を富士盛りにして出したら初夢膳になりますな」

京造が案を出した。

「江戸へ戻ったら力屋さんに教えてあげよう」

時吉が言う。

「よろしおすなあ、飯屋はんは。宮戸屋で富士盛りのご飯を出したりしたら、たちまち下品やと言われますわ」

跡取り息子がまた嘆いた。

池鯉鮒《ちりゅう》宿では稲荷《いなり》寿司が出た。

稲荷寿司の発祥については諸説があるが、名古屋のあたりで始まったという説も有力だ。

宿の稲荷寿司は黒胡麻を少しまぶしてあり、なかなかに風味豊かだった。

これに狸汁《たぬきじる》がつく。

本物の狸の肉ではなく、蒟蒻《こんにゃく》を代わりに使っていた。

「稲荷寿司に狸汁。狐《きつね》と狸の化かし合いだね」

時吉が苦笑いを浮かべた。

「そやけど、胡麻油で蒟蒻を炒ってあって、ええお味どすな」

京造は満足げに言った。

長い足止めを食らうこともなく、京への旅は順調に続いた。

桑名《くわな》では蛤《はまぐり》料理を堪能した。

その手は桑名の焼き蛤、と地口にもなっている焼き蛤ばかりでなく、蛤の時雨煮《しぐれに》も味のしみ具合が絶品だった。

鈴鹿峠《すずかとうげ》を越え、水口《みなくち》宿では名物の干瓢《かんぴょう》料理に舌鼓を打った。

「干瓢を煮ただけでも、深いお味になるんどすな」

京造は感に堪えたように言ったものだ。

いよいよ京が近づいた草津《くさつ》宿では、銀鱈《ぎんだら》の西京焼《さいきょうや》きが出た。聞けば、板長は京の料理屋で修業したらしい。

「ああ、京へ来たなという気になるな」

品のいい焼き物を食しながら、時吉が言った。

「うちでもようお出ししてしてます。もっとちっちゃい身を、器でうまいことごまかして豪勢に見せかけてますねん」

京造が宿の皿を指さした。

こちらはどこにでもありそうな素朴な皿だ。

「目はごまかせても、胃の腑はごまかせないからね」

と、時吉。

「まったく、そのとおりで」

京造はうなずいた。

こうして、長い旅は終わった。

二人の料理人は京に着いた。

「お疲れさまどした」

京造が労をねぎらった。

「いや」

軽く手を挙げてから、時吉は続けた。

「幕が開くのは、これからだから」

「どうかよろしゅうに」

宮戸屋の跡取り息子は、引き締まった表情で言った。

第五章　扇かやくと焼き飯

一

当時の京には、おびただしい数の料理屋があった。

それぞれの場所によって、名物料理も違っていた。

たとえば、高瀬川《たかせがわ》沿いの先斗町《ぽんとちょう》や木屋町《きやまち》のあたりには、生け簀《いす》に川魚を飼って料理を供する見世が軒を連ねていた。

生洲《いけす》、と書く。

亀吉《かめきち》、いけ吉《きち》など、鱧《はも》や鯉《こい》の洗いを名物とする見世には多くの客が足を運んだ。

ほかにも、名物料理を出す見世は京のいたるところにあった。

北野天神《きたのてんじん》前の敦賀屋伊助《つるがやいすけ》は菜飯《なめし》と田楽《でんがく》。

両替町《りょうがえまち》二条《にじょう》のいけ定《さだ》は五月《さつき》寿司。

東寺《とうじ》境内の鳥羽《とば》屋兵助《やひょうすけ》は蓮飯《はすめし》。

東山南禅寺《ひがしやまなんぜんじ》のおくのは湯豆腐。

名を挙げていけばきりがないほどだった。

そういったあまたある名店のなかに、四条大宮《しじょうおおみや》の宮戸屋があった。

丸に宮。

渋い橡色《つるばみいろ》ののれんに染め抜かれている。

軒行灯はいたって控えめで、灯が入ると「みやとや」という細い字が浮かびあがる。

構えは落ち着きのある京町屋だが、一見《いちげん》の客はいかにも入りにくい気を醸《かも》し出していた。

「ここどす」

京造が笑みを浮かべた。

時吉は一つうなずき、宮戸屋ののれんをくぐった。

二

「まあまあ、遠《と》いとこをよう来てくれはりましたな」

大おかみのおやえが笑顔で時吉を迎えた。

京町屋の宮戸屋は、時吉の目から見れば風変わりな造りだった。

のれんをくぐってきた客は、飛び石のある脇庭を通り、奥の座敷に案内される。存外に奥行きがあり、座敷は大小三つしつらえられていた。

もとよりふらりと一人で来て飯をかきこむような見世ではない。供されるのは格式のある京料理だ。必ず座敷でかしこまって味わう。

「さぞや京造が無理言うたんどっしゃろ。えらい難儀なことで、申し訳おへんなあ」

見かけだけはすまなさそうな顔をつくって、大おかみのおやえが言った。

渋柿色の京小袖には、秋らしく蜻蛉《とんぼ》があしらわれている。西陣の帯とあいまって、いかにも格式の高い料理屋という風情だ。

そのうしろには、若おかみのおさちが同じいでたちで控えていた。京造の女房だが、大おかみがぐっと頭を押さえつけ、折にふれて小言を言っているらしい。かしこまっている様子を見ると、たしかにそのような感じが伝わってきた。

「いえいえ、わたしも宮戸屋さんで京料理を学ばせていただきたいと思い、お邪魔した次第で」

時吉はまだ硬い顔つきで答えた。

「先代がご縁のあった料理屋はんのお弟子さんに来ていただいたら、うちの厨も鬼に金棒ですわ」

おやえがうわべだけの笑みを浮かべる。

「ほな、お母はん、さっそく厨へ」

京造がうながした。

「荷物を運ぶのが先やろが。うち、空いてる部屋ないねんで」

大おかみは答えた。声は落としたが、聞えよがしのようにも感じられた。

「どこぞ借りるわけにはいかへんかいな」

「そんなおぜぜ、どこにあるのん」

来た早々に、なにやら険悪な気になってきた。

「雨露がしのげれば、わたしはどこでもかまいませんので」

時吉は場を収めようとした。

「すまんことですなあ。ほな、板長はん、どないしましょ？」

厨で仕込みをしていた板長の丑之助に、大おかみは声をかけた。

「狭《せも》うてすまんこってすが、良松《よしまつ》と相部屋にしてもらえますやろか。座敷はお客さんをもてなすとこですさかいに」

大おかみと男女の仲になっているという板長は、若い料理人を指さした。

目がくりっとした、わらべに毛の生えたような若者がぺこりと頭を下げる。

「時吉さんも、江戸から招いたお客さんどっせ」

京造が言い返した。

「あんたが勝手に呼んできたんやないの」

大おかみの口から本音が出た。

時吉は思った。

やはり、おれは招かれざる客らしい。

ここはひとまず我慢するしかなさそうだ。

「相部屋でいっこうにかまいませんので」

時吉は笑みを浮かべた。

「そうどすか。えらいすんまへんなあ」

言葉とはうらはら、目は気の毒そうではなかった。

「若い料理人にいろいろ教えておくれやっしゃ」

丑之助が言う。

藍染の作務衣《さむえ》が映える料理人だ。

「承知しました」

時吉は答えた。

「よろしゅうお頼《たの》申します」

良松が頭を下げた。

若い料理人の明るい声が救いだった。

三

その日の客は一組二人だけだった。

膳の運び役は大おかみと若おかみの二人、客も二人だから何がなしに気まずい。

客はあきないの相談事で来たらしく、片方は古くからの常連のようだった。

「今日はお疲れどっしゃろ。仕込みは済んでますよってに、手ェは動かさんでよろしおす」

板長の言葉つきはていねいだが、裏を返せば「余計な邪魔はしないでくれ」と言っているようなものだった。

「では、拝見させてもらいます」

ちらりと京造の顔を見てから、時吉は答えた。

旬の九条《くじょう》葱に丹波《たんば》の松茸、それに、敦賀《つるが》から鯖街道《さばかいどう》を通って運ばれてくる秋鯖。厨にはいい素材が入っていた。

しかし……。

丑之助のつくる料理には首をかしげた。せっかくの素材なのに、むりやり倹約しているような按配なのだ。

収穫までに時はかかるが、甘みが何とも言えない九条葱。

ことに香りがいい丹波産の松茸。

こういった素材は、時吉ならあまり奇をてらわず、素朴に網焼きにしたりする。香ばしく焼けた葱や松茸に濃口醬油を少し垂らして食せば、まさに口福の味になる。

だが、宮戸屋では、上品だがひと味足りない吸い物に薄切りの松茸を浮かべただけのものや、九条葱を控えめに焼いて麩《ふ》と合わせた量の物足りない皿など、勢いの感じられない料理ばかりつくっていた。

京造がなさけなさそうな顔で時吉を見た。

(言うたとおりどっしゃろ？　こんなぺっとしたもんでお客さんはおなかいっぱいになりまへんやん)

顔にそうかいてあった。

ご飯ものも出るには出たが、これまたお上品な量の蒸し寿司だった。紅葉に見立てた麩や栗など、旬の彩りは感じられるが、胃の腑にはまったくたまらない料理だ。

それなのに、大おかみも板長も自信たっぷりだった。

蒸し寿司は白木の枡に見栄え良く盛り付けられていた。その枡を、目が覚めるような青い京焼の大皿にのせてうやうやしく運ぶ。

「こうすると、見た目がよろしおすやろ？」

どうだ、と言わんばかりに丑之助が時吉を見た。

「うちでは祝いごとでもなければ、こんな立派な皿は使いませんね」

時吉は答えた。

「普段はどんな器を使《つこ》てはりますのん」

板長が訊く。

「陶器は笠間焼《かさまやき》がもっぱらです」

「笠間？　聞いたことおへんなあ」

丑之助は首をかしげた。

「派手やかなところはみじんもない器ですから」

時吉が答えたとき、大おかみが戻ってきた。

「うちは漆器も金銀蒔絵《きんぎんまきえ》のええもんを使わせてもろてますねん。どの器も銘入りで」

と、自慢げに言う。

「わたしの見世では、銘の入った器などはいっさい使っておりません」

それとなく諭すような調子で、時吉は言った。

だが、大おかみにはまったく通じなかったらしい。

「そうどすか。器もお料理のうちどすさかいにな」

江戸から来た男を見下すように言う。

「そやかて、器でおなかいっぱいにならへんで、お母はん」

厨の隅で漬物の仕込みをしていた京造が言った。

「あんたは黙っとり。おなかいっぱいになるだけの料理ほど下品なものはないねんで」

大おかみはぴしゃりと言うと、時吉のほうを向いて笑顔で続けた。

「うちの子はようこんなこと言いますねん。どこで何を吹きこまれてきたのか知りまへんけどな、宮戸屋ののれんっちゅうもんを考えてくれんことには」

おやえはそう言って大仰なため息をついた。

「おなかがいっぱいになったお客様の笑顔ほど、料理人冥利《みょうり》に尽きるものはないとわたしは思います」

時吉ははっきりと言った。

ちょうど若おかみのおさちが戻ってきた。時吉の言葉に、思わずうなずく。

「江戸はそうどすか。箱根《はこね》の関の向こうとこっちでは、だいぶ違うもんどすなあ、板長はん」

おやえが丑之助を見た。

「京は『はんなり』してへんとお客さんにご満足していただけまへんよってに」

丑之助が鼻で嗤《わら》うように言った。

よろずにそんな調子だった。

京の宮戸屋に着くなり、時吉は大おかみと板長から渋い茶を出されたような按配になった。

四

見習い板前の良松とは郷里《くに》が近かった。

土山《つちやま》宿からさらに山のほうへ入った鮎河《あいが》という在所らしい。

「わたしは大和梨川の出なんだ。隣みたいなものだな」

狭い部屋にどうにか布団を並べた時吉が言った。

「そうですか。江戸のお人かと思てました」

良松が驚いたように言った。

「江戸に出て長いから。いずれにしても、京の四条大宮の人から見たら、江戸も大和梨川も田舎者ということになるのだろう」

「わてもさんざん言われてますわ。土山の山猿や、言うて。まあ、そのとおりですねんけど」

「すぐ人を見下したがるね。ここの大おかみと板長は」

「そうですねん。若旦さんと若おかみは、そんなことあらしまへんねんけど」

良松の顔つきが曇る。

「そのあたりの料簡違いをたしなめてくれと、京造さんからは頼まれてるんだ」

時吉はそう明かした。

「そうですか。そら、わてからもよろしゅうに」

良松は頭を下げた。

「来た早々に言うわけにもいかないから、しばらく様子を見てからだな」

時吉が言う。

「へえ。そやけど、もたもたしてたら、宮戸屋はつぶれてしまいますで」

「そんなに危ないのか」

「お客さん、どっと減ってしまいましたからな。こないだも、お帰りになるお客さんがしゃべってる声が聞こえてきましてん」

良松が浮かない顔で言った。

「どんな声だ?」

時吉が問う。

「『宮戸屋はんも盛りが悪うなったたな。飾りみたいな料理しか出てけえへんねん。もう次から来んとこ』って」

「お客さんがいちばんよく分かってるんだな」

「そのとおりで。客が減ってもうからへんさかい、倹約してだいぶ盛りを減らしてますねん。そやさかい、飾りみたいな料理になってしまいますのや」

見習いの料理人が嘆いた。

「力を入れるところが違うな。それなら、仕入れで汗を流し、安い素材を豪勢に見える料理に変えてやるとか、いくらでもやり方があるはずだ」

時吉は力をこめて言った。

「そのとおりで。いよいよあかんっちゅうことになったら、若旦さんに言おと思てますねん」

「思案があるんだな？」

「へえ。宮戸屋の評判はもう地に落ちてしもてます。若旦さんとしては、先代からの見世を守りたいっちゅう心持ちがあるんやろけど、沈む船にしがみついてたら、みんなおぼれてしまいますわ」

「そうすると、船が沈む前に思い切ってこの宮戸屋を出て、新たに見世を始めろということか」

「そうですねん」

良松はすぐさま答えた。

「若旦さんと若おかみやったら、ほっこりした見世にできると思いますねん。わても下働きで何でもやらせてもらいますよってに」

「なるほど。いざとなったらその手もあるか」

時吉は思案した。

とにもかくにも、大おかみと板長に料簡違いを悟ってもらわなければならない。傾きかけた宮戸屋という船を立て直すことができれば、それが何よりだろう。

しばらく様子を見るつもりだったが、機があれば直言すべし。

時吉はそう肚《はら》を固めた。

五

「のどか屋はんの名物料理は何ですのん」

翌日、大おかみのおやえがたずねた。

「いちばんご好評をいただいているのは、豆腐飯です。泊まりのお客さんには朝の膳で必ずお出ししております」

時吉は答えた。

「あの豆腐膳を食べるために泊まりにくるお客さんも、ぎょうさんいてはるんや」

京造が横合いから言う。

「ほな、舌だめしにつくってもらいまひょか」

板長の丑之助が水を向けた。

「木綿豆腐があればおつくりしますが」

「木綿？　うちは品《ひん》のええ絹ごしばっかりどすさかい」

大おかみが冷たい笑みを浮かべた。

「なら。うちが買《こ》うてきます」

若おかみのおさちが言った。

「銭はわたしが払いますから」

へそを曲げられないように、時吉が申し出た。

「そら悪いどすな。江戸の名物をいただけるとは、楽しみどすなあ、板長はん」

銭を出さなくてもいいと分かったとたんに、大おかみの機嫌は良くなった。

「いただいて勉強させてもらいますわ」

丑之助は如才なく言った。

ややあって、支度が整った。

時吉はさっそく豆腐飯をつくりはじめたが、困ったのは丼だった。

宮戸屋で使っている器はどれもこれもお上品で、豆腐飯を盛る丼が見当たらない。

「わてのまかないの丼を使《つこ》てください」

良松が声をかけた。

「それしかないのか？」

豆腐を煮ながら、時吉がたずねた。

「うちは丼飯を出すような見世やあらしまへんねん」

大おかみが薄ら笑いを浮かべる。

「小ぶりの寿司桶でしたらありますけど」

若おかみが助け舟を出した。

「なら、それに盛りましょう」

時吉はそう答えると、だし汁の味見をして一つうなずいた。

わざわざ江戸から運んできた濃口醤油に味醂、それに、のどか屋の命のだし。いつもながらのいい味だ。

「お待たせしました」

時吉は豆腐飯を出した。

今日もまだ客が入っていないから、宮戸屋は暇だ。皆で味見をすることになった。

「おいしい」

若おかみは食べるなり目を丸くした。

だが……。

大おかみと板長はあいまいな顔つきになった。

「濃口やさかい、味が濃うおすな」

おやえの箸が止まる。

「初めは豆腐だけ匙ですくって、あとは薬味をかけてわっとまぜて食べるんや、お母はん」

京造が食べ方を教える。

「ほんまにまかないやな」

と、おやえ。

「食べ味が変わるんですね。おいしいわ、うち、気に入りました」

おさちが笑った。

「あんたは舌があほやさかい」

おやえがにべもなく言う。

「まかないにはちょうどよろしおすけど、うちのお客はんには出せまへんなあ」

板長が言う。

「ひと口で食べられる絹ごしの奴豆腐より、腹にたまるこの料理のほうがなんぼかよろしいで」

京造がきっとした顔で言った。

「あんたは何にも分かってへんねん。こんなん、言うたら悪いけど、田舎者のまかない料理どっしゃろ？」

大おかみからそう言われて、さすがの時吉もむっとした。

「たしかに、そうかもしれません」

ぐっとこらえて言う。

「それでも、召し上がっていただいたお客さんはみな笑顔になってくださいます。おなかもいっぱいになります。京の飾り料理では、望むべくもないでしょう」

皮肉をこめて言うと、場の気が重くなった。

「まあ、よろしわ」

大おかみが匙を置いた。

「味が濃うて口に合わへんさかい、絹ごしをちょっとおくれやっしゃ、板長はん」

顔をしかめて言う。

「口直しどすな」

心得た顔で、丑之助が答えた。

六

よろずにこんな按配だった。

京造は江戸で学んできたことを板場に伝えようとした。時吉も言葉を添え、細工寿司の勘どころなどを伝えた。

しかし、うわべは感心したような顔つきをしていたが、大おかみも板長も見世で出そうとはしなかった。

「寿司言うたら、この季節はぐじの棒寿司ですな」

丑之助は細工寿司などには見向きもしなかった。

ぐじ、とは甘鯛のことだ。丹後から運ばれてくる甘鯛は、そのうまさで名がとどろいている。

その日は初めての客が一組あった。縁者の祝いごとらしく、にぎやかに酒が回る。

「お味噌汁は京の白味噌でいきますさかいな。お豆腐は絹ごし。これは譲れまへんで、江戸のお方」

大おかみが皮肉っぽく言った。

「承知しました」

時吉はまたこらえて言った。

江戸から持参した甘味噌や仙台味噌で汁をつくってみたのだが、大おかみは露骨に顔をしかめてみせた。

「よそさんはこんなんで喜ばはりますのんか。えらいもんやなあ、板長はん」

「ま、野趣はありまんな。好みは人それぞれどすさかい」

初めは時吉に向かってていねいな言葉遣いをしていた二人だが、日を追うごとに「あんた、何しに来たん？　早《は》よ帰り」という心持ちが透けて見える言い方になってきた。

客に供したのは、ぐじの蕪《かぶら》蒸しだった。

下蒸しをしたぐじの上に、蕪をすりおろして卵白と塩をまぜたものをのせてほどよく蒸し、銀あんをかけておろし山葵《わさび》を天盛りにする。いかにも京風の品のいい料理だった。

ご飯は扇かやくだった。

牛蒡と人参と蒟蒻が入ったかやくごはんを扇の型に入れて抜く。これを黒塗りの漆器にのせ、ぐじの塩焼きなどとともに供する。

「人参はもっと小そう切っておくれやっしゃ」

丑之助が時吉に苦言を呈した。

「でも、これくらいでないと食べごたえがないですよ」

時吉は言い返した。

「それは旅籠付きの料理屋はんの流儀どっしゃろ？」

ちょうど厨に入ってきた大おかみが、きっとした顔で言った。

「うちは京のはんなりした料理屋どすさかいにな。田舎もんの口に合うような切り方はしてまへんねん」

「そのようにお客さんを見下しているから、だんだんに流行《はや》らなくなってきたのではありませんか？」

時吉は初めて直言した。

「そのとおりやで、お母はん」

やり取りを聞いていた京造が、包丁の手を止めて言った。

「あんたは黙っとり」

おやえはぴしゃりと言った。

「そら、よそさんはよそさんでええんどすけどな。うちにはうちの流儀っちゅうもんがおますさかい」

そう言うなり、大おかみはぷいと横を向いて出ていった。

直言は空振りのかたちになった。時吉はやむなく人参を細かく切り直した。

甘みのある金時《きんとき》人参に、味の濃い堀川《ほりかわ》牛蒡。厨には垂涎《すいぜん》の京野菜が入っている。

こういった素材を活かすには、厚く切った煮物がいちばんだ。素朴な金平牛蒡などでもいい。

ここがのどか屋だったら、あれもこれもお出しするのだが……。

時吉の頭にさまざまな料理が浮かんだ。しかし、宮戸屋ではそのことごとくが下品だと退けられてしまいそうだった。

客の祝いごとはそろそろ大詰めになった。

若おかみのおさちがあわてて座敷から戻ってきた。

「お茶菓子をお出ししたんですが、もう終《しま》いかとえらいお怒りでして」

「何でや」

板長の眉間にしわが寄った。

「これやとおなかが収まらんて言うて、怒ってはるんですわ」

「分かった。お母はん、呼んでくる」

京造が急いで出ていった。

ほどなく、おやえが硬い顔つきで厨に入ってきた。

「おなかが収まらんやて？　かなんなあ、一見《いちげん》さんは」

と、露骨に顔をしかめてみせる。

「一見と決まったわけではないでしょう。これから常連さんになっていただくために、精一杯のおもてなしをするのが筋というものではないでしょうか」

時吉は語気を強めた。

若おかみはうなずいたが、大おかみは鼻で嗤っただけだった。

「そやかて、おなかが収まらんとか言いだすお客はんどっせ。いますぐ帰ってもらいとおすわ」

平然とそう言い放つ。

「ほな、ぶぶ漬け（お茶漬け）でも出しまひょか」

丑之助が気乗り薄に問う。

「任せますわ、板長はん」

おやえが答えた。

「帰ってもらいたいお客さんだと言うのなら、わたしにやらせてください。腹にたまるものをお出ししますので」

「ほほう。ほな、好きなようにやっておくれやっしゃ」

大おかみはそう言ってまた横を向いた。

「京造さん、飯を。それから、玉子と平たい鍋を」

時吉はさっそく跡取り息子に声をかけた。

「へい、承知」

「良松、九条葱を持ってきてくれ」

「へーい」

いい声が返ってきた。

時吉がつくったのは、ただの焼き飯だった。

九条葱を刻み、飯と溶き玉子をからめ、平たい鍋を振りながら炒める。

白胡麻を投じ、塩胡椒をしてから醤油を回し入れる。

むろん、濃口醬油だ。

ふわっ、といい香りが立ち上る。

「わあ、おいしそう」

おさちが笑みを浮かべた。

「では、味見を」

時吉が小皿を取り出した。

京造と良松も来て味見をする。

「ああ、江戸の味ですね」

京造が満足げに言った。

「醬油の焦げたとこがうまいです」

見習いの料理人も顔をほころばせた。

できあがった焼き飯は、若おかみと跡取り息子が運んでいった。

客の評判は上々だった。

「何でこれを早よ出さへんねん」

「ああ、やっと胃の腑が収まったわ」

「これやったら、なんぼでも入るで」

「それまでは、皿を食わせるのかと思たわ」

「やっとわての顔が立ったわ。こんな見世につれてきてと、ぼろくそ言われるとこやったで」

いちばん年かさの男がほっとしたように言った。

「今後とも、ごひいきに」

京造が言う。

「こんなうまいもんを出してくれるんなら、来てもええで」

客の言葉を聞いて、大おかみが聞えよがしの舌打ちをした。

第六章　菊菜浸しと翡翠《ひすい》揚げ

一

「時吉さん、ちょっとよろしいでしょうか。外で話が」

　翌日、かなり思い詰めた顔で京造が言った。

「いいよ」

　下働きの手を止め、時吉は言った。

　板長から命じられるのは、見習いの良松でも十分につとまるような仕事ばかりだった。漬物のぬか床をつくるのは苦ではないが、そういったつとめばかりではいかにも物足りない。

　もっとも、大おかみと板長の肚は読めていた。時吉が音《ね》を上げて出ていくように、あえて半端仕事ばかり与えているのだ。

　手を洗って京造とともに宮戸屋の外に出ると、若おかみのおさちが待っていた。

「お母はんに聞かれんように、ぶらぶら歩きながらお話しさせてもらおと思いまして。今日は天気もよろしおすさかい」

　京造は言った。

　京は江戸より冷えるが、今日は穏やかな陽気だ。

「で、どういう用向きだ?」

　時吉はたずねた。

「宮戸屋っちゅう船はいよいよ沈みかけてます。それは時吉さんも肌でよう分からはると思うんですわ」

　京造はあいまいな顔つきで言った。

「たしかにな」

　時吉はうなずいた。

「そこで、一つ案を思いついたんです」

　ちらりとうしろのおさちを見てから、京造は言った。

「どんな案だ」

「昨日の焼き飯みたいな腹にたまるもんを、昼の膳の顔に立ててお出ししたらどうかと思いますねん。もちろん、豆腐飯でもよろしおす」

「それに小鉢やお椀物をおつけしたらどうかと思いまして」

　おさちが言った。

　どうやら若おかみの思いつきも入っているらしい。

「それはいいね」

　時吉はすぐさま答えた。

「いまのままだと、宮戸屋は遅かれ早かれ先細りになってしまうからね。新たなお客さんを呼ぶ算段をしないことには話にならない」

「そのあたりを、お母はんと板長はんは分かってへんのや。もう行き止まりに近づいてるのに、何にも気づいてへん」

　跡取り息子は嘆いた。

「昼の膳はさほどもうけが出なくてもいいかもしれないね。夜の部の料理の顔見せみたいなものだから」

　時吉が言った。

「お酒のつかないおなかにたまる昼の膳と、夜のお料理を使い分けるわけですね？」

おさちがそれと察して訊く。

「そうだね。そうやって一人ずつお客さんになじみになっていただくんだ」

「ほな、最後の坂で」

京造が言った。

「最後の坂？」

時吉が問う。

「へえ。昼の膳の案があかなんだら、もうその先は崖どす。おさちと良松もつれて、この宮戸屋を出る肚をくくりました」

引き締まった表情で、京造は答えた。

「そうか」

時吉はうなずいた。

「そら、先代から受け継いだのれんを守りたいっちゅう心持ちはおまっけど、お客さんを見下すような人らとはようやっていけまへんよってに」

京造はきっぱりと言った。

「分かった。また機を見てはっきり言ってやろう」

時吉はそう請け合った。

「よろしゅうお頼《たの》申します」

「どうかよろしゅうに」

　京造とおさちが並んで頭を下げた。

二

「焼き飯やて？　そんなんまかない料理やおへんか」

　大おかみは鼻で嗤った。

「そんなもん出したりしたら、宮戸屋の恥どっせ」

　板長もにべもなかった。

「昼の膳の顔として、おなかにたまるご飯ものをお出しします。さらに顔見せとして小鉢や椀物を……」

「なんで顔見せが要《い》りますのん」

　おやえは時吉の言葉をさえぎった。

「うちは宮戸屋どすえ。はんなりした彩りのええ料理を、ため息の出るようなお皿に盛ってお出しする見世や。焼き飯みたいなまかない料理を盛ったりしたら、ええお皿が泣きますで」

大おかみはきっとした顔で言った。

「そんな料簡で皿に盛ったら、料理のほうが泣きますよ」

時吉はぴしゃりと言った。

「時吉さんの言うとおりや。なんぼええ皿に盛ったかて、料理に心が入ってへんかったら、お客さんは来てくれはらへん」

京造は必死の面持ちで言った。

その様子を、若おかみが祈るようなまなざしで見つめていた。

「よう言うわ。今日は朝がたから、婚礼の貸し切りの約が入ったんどすえ。宮戸屋の品のええ料理やないとかなんちゅうて、先代からのお客はんが来てくれはりますのんや。そんな焼き飯みたいなもんを出したら、前々からのお客はんが逃げていきますえ。あんた、よう思案して物言い」

上客《じょうきゃく》の約が入ったおかげか、いつもの言い方だが、いくぶん険《けん》がやわらいでいた。

「婚礼の懐石料理やさかい、細工物もやってもらいますで。江戸の料理人にできるかどうかよう知らんけど」

丑之助が見下したように言った。

ここぞとばかりに意見しようとした時吉だが、ひとまずは矛《ほこ》を収めざるをえなかった。

「何にせよ、焼き飯とか豆腐飯とか、そんな下品な料理はうちでは出せまへんよってに。よそさんでやっておくれやっしゃ」

大おかみは「よそさん」のところでぎろっと時吉をにらんだ。

それを聞いて、若おかみがうしろでため息をもらした。

三

その後もしばらく冷たいいくさのような日々が続いた。

大おかみと板長は、ほかの宮戸屋の面々に言葉の刃を向けた。

「あんたの名は京を造るって書くねんで。そやのに、江戸へ助けを呼びに行ったりするんどすか。そんなんで宮戸屋ののれんを継げまっかいな」

おやえは何かにつけて宮戸屋ののれんを持ち出した。

若おかみのおさちは、折にふれて気の毒なほど小言を言われていた。

「何どすか、そのしゃべり方は。ここは太秦《うずまさ》とちゃうねんで」

おさちが生まれ育った太秦は洛外《らくがい》のほうで、洛中《らくちゅう》とはいくらか言葉の調子が違う。それを耳ざとく聞きつけては文句を言うのが大おかみの常だった。誇り高き洛中の出のおやえは、洛外の田舎者など歯牙《しが》にもかけなかった。

言葉の矛先は、江戸から来た料理人にも向けられた。

「濃口ばっかり使《つこ》てたら、顔の色まで濃うなってしまいますな」

時吉の顔を見て、そんな皮肉を飛ばす。

よろずにそんな調子だった。

それでも、婚礼料理の支度にかかると、久々に宮戸屋の座敷が埋まるとあって、大おかみの機嫌はましになった。

時吉も京造も厨に詰め、丑之助から命じられるままに手を動かした。

だが……。

ここで時吉は思わぬ苦境に陥った。

腹にたまる料理を「下品」のひと言で退ける宮戸屋は、まずもって見てくれのいい料理を出そうとする。

婚礼の懐石料理は、願ってもない舞台だ。

鶴に鴛鴦《おしどり》に亀に松。

宮戸屋の厨では、とりどりの縁起物を細工仕事でこしらえていくことになった。

この細工仕事が、時吉はあまり得手《えて》ではなかった。

むろん、ひととおりのことはこなせるのだが、あまりにも難しいものは不得手だ。

こういった細工仕事にかけてはおちよのほうが達者だから、のどか屋では任せることもあった。

「おめえは味つけは大ざっぱでいけねえが、包丁の細工仕事だけはうめえな」

おちよは父の長吉がそう認めるほどの腕前だ。

しかし、ここは宮戸屋だ。おちよの手を借りるわけにはいかない。

「何どすの、そのぶさいくな首は」

丑之助が顔をしかめて指さした。

時吉がつくっていたのは鶴だった。

鶴が空を舞うおめでたいさまを大根で巧みにかたどっていく。羽根や尾羽根をべつにつくったり、細い竹串の足を差しこんだりする細工仕事もさることながら、鶴が本当に飛んでいるように見える体に仕上げるのが難しい。とりわけ、すらっと長く伸びた鶴の首が難所だ。

「まあ、鶏どすか、それは」

覗きにきた大おかみがあきれたように言った。

「やり直します」

時吉は唇を嚙んだ。

「やり直してもおんなじことどすな。できるかどうか、手つきを見てたら分かりますよってに」

板長が鼻で嗤う。

「しくじったもんは、江戸へ持って帰っておくれやっしゃ。のどか屋ちゅうとこやったら、ぶさいくな鶴でも出せますやろ」

大おかみも勝ち誇ったように言った。

その後もしくじりは続いた。

のどか屋のほっこりする野菜の煮物なら、大ざっぱに面取りするだけで十分だ。しかし、宮戸屋の婚礼の懐石料理は違う。同じ面取りでも、毬《まり》に見立てたものなどは、指先の微妙な加減が求められた。

「ねじり面取りどっせ。だれがまっすぐ剝けて言いましたん」

時吉が面取りした京人参を指さして、丑之助は露骨に顔をしかめた。

「相済みません」

時吉は頭を下げた。

「かなんなあ。江戸の料理人はこないなこともでけしまへんのかいな」

「いや、わたしが不得手なだけで」

そう言い返すのが精一杯だった。

「ほな、次は拍子木切りや。ちゃんとそろえて切っておくんなはれや。それくらいはでけまっしゃろ」

板長は見下すように言った。

その後も忍従の時が続いた。

「堪忍しておくれやっしゃ」

板長が厨から出ているとき、京造が小声で言った。

「京造さんが謝ることはない。それに、わたしの腕が甘いせいだから。こういう細工仕事は女房のほうがずっとうまいんだが」

「そこだけ代わってもらえたらよろしおしたなあ」

京造は言った。

「ほんとだ」

時吉はそう答えてため息をついた。

「いまごろ、くしゃみしてはるかもしれまへんな、のどか屋のおかみさんは」

宮戸屋の跡取り息子が苦笑いを浮かべた。

四

「……くしゅん」

のどか屋の厨で、おちよがやにわにくしゃみをした。

「風邪《かぜ》かい?」

一枚板の席から隠居が問う。

「いえ、急にくしゃみが出ただけで」

おちよが答える。

「京でうわさでもしてるんじゃないかな」

旅籠の元締めの信兵衛が温顔で言った。

「そうかもしれませんね。いったいどうしてるんでしょう、うちの人」

おちよはいくらか浮かない顔になった。

そのとき、表からにぎやかな声が響いてきた。

「あっ、帰ってきましたよ、二代目」

助っ人の丈吉が厨から言った。

若い料理人はのどか屋の水にすぐ慣れた。もともと明るいたちで、常連と打ち解けるのも早かった。長吉屋で修業を積んだだけあって、料理の腕もそこそこある。そのうち見世を始めても十分にやっていけそうだった。

「ただいま。平ちゃんも来るよ」

二代目の千吉が言った。

「おかえり。ちゃんと手習いをやったかい？」

母が問う。

「うん」

わらべは力強くうなずいた。

千吉が言ったとおり、幽霊同心の万年平之助が入ってきた。

「ぷっ」

おちよが思わず吹き出す。

無理もない。目鬘《めかづら》売りに身をやつした隠密廻りは、牛の目鬘をつけてのどか屋に入ってきた。

「だいぶ冷えるようになったな。何かあったまるものをくんな」

万年同心はそう言うと、座敷に上がってあぐらをかいた。

寝ていたしょうをひょいとつかみ上げる。

「お、いっちょまえに『ふう』とか言いやがった」

「旦那、御酒《ごしゅ》はいかがいたしましょう」

おけいがたずねた。

おちよが厨に入ってるから、おこうをのどか屋付きにして、どうにかしのいでいる。いまもおそめとおこうが両国橋の西詰へ客引きに出ているから、客あしらいで動けるのはおけいだけだ。

「つとめの途中だが、寒くて身が縮こまっちゃ動けねえ。一本だけつけてくんな」

万年同心は指を一本立てた。

「へい、承知」

丈吉がいい声で答える。

「今日はお一人ですか?」

おちよが問うた。

「ああ。舌が馬鹿な旦那は上方《かみがた》へ行っちまった」

あんみつ隠密のことだ。

「なら、時さんの見世にふらっと顔を出すかもしれないね」

隠居が言う。

「京にも行くことになるだろう、とは言ってましたが」

万年同心が答えた。

「どういうお役目で？」

今度はおけいがたずねた。

「そりゃあ、ちょっと」

目鬘売りに扮した男は、唇の前に指を一本立てた。

熱燗と肴が来た。

肴は焼き豆腐と人参の煮物だ。

「おお、しみる味だな」

食すなり、万年同心が笑みを浮かべた。

「江戸に生まれて良かったっていう味ですな」

信兵衛も和す。

「二代目、盛り付けをお願いします」

丈吉が千吉に言った。

「はいよ」

千吉がいい声で答え、やおら菜箸を動かした。

その手もとを、おちよがやや案じ顔で見守る。

「うまいもんだね」

隠居が言った。

「そろそろおとうの代わりがつとまるよ」

元締めも笑う。

そんな按配で、肴は次々に出た。

平貝《たいらがい》の昆布締め、里芋の柚子味噌がけ、鮪《まぐろ》の山かけ、甘鯛の粕漬け、などなど。

どの料理も、のどか屋ならではのまっすぐな料理だ。

「はい、お待ち」

千吉が座敷へ皿を運んでいった。

左足はすっかり良くなって、添え木も取れた。よく見なければ分からないほどの歩き方だ。

「おっ、皿が下から出てるな。偉《えれ》えぞ」

万年同心が受け取ってほめた。

「おとうに教わったから」

二代目は胸を張った。

五

宮戸屋がにぎやかだったのは一日かぎりだった。

婚礼の翌日からは、また閑古鳥《かんこどり》が鳴くようになってしまった。大おかみの機嫌はまた悪くなった。

「だれぞ貧乏神でも呼んできたんどっしゃろ」

京造に向かって、そんないけずなことを言う。

「それなら手をこまねいていず、呼び込みに出たらいかがでしょう」

貧乏神扱いされた時吉はそう意見した。

「呼び込みって何どすのん」

おやえはいぶかしげな顔つきになった。

表情をつくっているのかと思いきや、本当に分からないらしい。

「うちの話ですが、旅籠の部屋に空きがあるときは、にぎやかなところまで出かけ、お客さんに声をかけて呼び込むのです」

それを聞いて、大おかみの顔に侮《あなど》りの色が浮かんだ。

「客の袖を引かはるんどすか。よそさんは難儀どすなあ、板長はん」

と、丑之助の顔を見る。

「いや、あきないっちゅうもんは、そこまでせんとあかんのどっしゃろな」

暇な板長は首をかしげた。

「なら、太秦の子ォにやらせまひょか。わたいはそんなんかなんさかい。客の袖を引いたりするのは、お女郎はんのやることどすえ」

大おかみは露骨に顔をしかめた。

おさちだけ客引きに出すわけにはいかないので、京造と時吉もついていった。

その甲斐あって、男の二人組が来てくれた。ともに風呂敷包みを背負っているところを見ると、行商人のようだ。

「そちらさんは、格式の高いお料理屋でございますな。さぞかしええ壺を使てはるんやないかと」

道々、客は笑顔で語りかけた。

「器はわりかたええもんを使わせてもろてますが」

宮戸屋の跡取り息子が答えた。

「そうでっか。わてらは茶壺を扱わせてもろてますねん」

もう一人の男が笑顔で言った。

上方でも京と大坂では言葉が違うが、二人は明らかに大坂のほうの訛《なま》りがあった。

「いまの宮戸屋には、高い茶壺を買うだけの貯えがあらしまへんよってに」

京造がやんわりと断る。

「まあま、見るだけでかましまへんので」

「せいぜい安うさせてもらいまひょ」

二人組は調子良く言った。

宮戸屋で飲み食いした客は、機を見て大おかみを呼んだ。

そして、やおら風呂敷包みを解き、あきないを始めた。

「利休《りきゅう》と織部《おりべ》の壺だす」

「なかなか出ん名品だっせ」

「家宝になりまっさかい」

「見ておくんなはれ。この釉薬《うわぐすり》の上品なこと」

二人はあきない物を見せ、しきりに勧めた。

「はんなりしたええ品やけど、うちはいま何かと物入りどしてなあ、ほほほ」

大おかみは虚勢を張った。

「安うさせてもらいまんので」

「二度と買えんような値ェでっせ」

一人が声を低める。

「いくらしますのん」

おやえが訊いた。

「……五十両」

もう一人が手のひらをぱっと開いた。

「五両でも無理どすな」

大おかみはあいまいな顔つきになった。

それを聞いて、二人組はさすがに脈がないと思ったらしく、ほかに買ってくれそうな料理屋はないかと訊きだした。

大おかみは気のない様子でいくつかのあきないがたきの名を挙げていった。

「ろくな客をつれてこんな、あんた」

客が帰るなり、おやえの雷が跡取り息子に落ちた。

六

翌日、京造が思いつめた顔つきで時吉に言った。

隣におさちもいる。

「今日こそ、お母はんに最後の意見をしたろと思てますねん。昼の膳をやらんのやったら、もう出て行くって」

「生き延びる道があるとしたら、それしかないな」

時吉がうなずいた。

「うちはずーっと我慢してきました。それが嫁のつとめやと」

おさちが口を開いた。

「そやけど、もう堪忍袋の緒が切れかけてます。お義母《かあ》はんからいったいどれだけいけずなことを言われてきたか」

「すまんな」

京造が本当にすまなさそうに言った。

「うちだけやったらええんどす。うちの実家《さと》のこともお百姓や田舎者やとぼろくそに言いますねん。京造さんがあいだに入ってくれはるけど、うち、なんでこんなこと言われなあかんのかと思て」

「見世が流行《はや》らんさかい、その鬱憤をみんなぶつけてくるねん、お母はんは」

「その矛先はお客さんにも向けられる。あれでは流行る見世も流行るまい」

時吉も斬って捨てた。

「まあ、そんなわけで、縁切りになってもええさかい、もしあかなんだらおさちと一緒に宮戸屋を出て、小さい見世でも始めよかと思てるんですわ」

京造が言った。

「見習いの良松をつれていくと言ってたな？」

時吉が訊く。

「話はしてあります。若旦さんについていきます、とうれしいことを言うてくれました」

京造はそう明かした。

「分かった。そこまで段取りが整っているのなら、最後の坂に挑めばいいだろう。わたしからも重ねて意見してやろう」

「どうぞよろしゅうお願いします」

京造は深々と頭を下げた。

こうして話が決まり、あとは大おかみに切り出すばかりとなった。

だが……。

ここで思わぬ客が入ってきて、段取りはしばしお預けとなった。

宮戸屋ののれんをくぐってきた思わぬ客……。

それは、あんみつ隠密だった。

七

「何言うてはりますのん。甘いお茶菓子はお料理のあとにお出しするものどっせ」

大おかみがきっとした顔で言った。

「では、料理も甘い味つけのものでお願いします。甘ければ甘いほどいいという、変わった舌のお方なので」

時吉が告げた。

「そんなん言うたかて、酒に合う料理にせんことには」

板長は従おうとしなかった。

「なら、お通しのあとはわたしが」

「何つくりはりますのん」

「焼き柿に味醂を回しかけたものを。それなら存分に甘いので」

「そんなん、お料理のうちに入りまへんなあ。わらべの食べるもんどすえ」

おやえが顔をしかめる。

「宮戸屋ではなく、わたしがのどか屋の常連さんにお出しする料理なので」

時吉はむっとして言い返した。

「まあよろしおす。お通し、出してきまひょ」

大おかみは盆を取り上げた。

それからしばらくして、時吉が焼き柿を座敷に運んでいった。

「おう」

あんみつ隠密が手を挙げた。

お通しの小鉢の料理はまだ残っていた。

「甘え焼き柿か。口直しにいいな」

安東満三郎は苦笑いを浮かべた。

「お口に合いませんでしたか」

時吉が訊く。

「おれの不得手な苦えものばっかり出しやがってよ」

あんみつ隠密が箸で示した。

まずは菊菜浸しだ。

白身魚のあらに酒を振って焼き、身をほぐす。これに白胡麻を合わせてよくすり、だしと薄口醤油で味つけをする。

合わせるのはゆでてからだしで下味をつけた菊菜だ。小粋な京焼の小皿に盛り付け、炒り玉子を彩りに少し加えたひと品だが、「甘え」が「うめえ」のあんみつ隠密の口には合わなかったらしい。

もうひと品は、銀杏《ぎんなん》の翡翠《ひすい》揚げ松葉刺しだった。

銀杏の殻を割って薄皮を剝き、色よく揚げる。紙の上で転がして油を取り、塩を振ったあと、松葉を巧みに刺して小皿に品良く盛り付けて供する。

こちらのほうは手さえついていなかった。

「揚げたてはおいしおすよってに、とか言ってたけど、銀杏なんて苦えものが食えるかよ」

声色をまじえて言うと、あんみつ隠密は焼き柿に箸を伸ばした。

「……うん、甘え」

たちまち機嫌が直った。

「こちらはすぐ分かりましたか？」

脇に控えていた京造がたずねた。

「四条大宮の宮戸屋と言ったら、すぐ教えてくれたぜ。なかなかの名店だな」

あんみつ隠密はそう言って、猪口を口に運んだ。

「それも風前《ふうぜん》の灯《ともしび》で」

京造はそう答えると、手短にいきさつを伝えた。

「そうかい。取りこんでるときに来て悪かったな」

あんみつ隠密が呑みこんで言った。

「安東さまは何ゆえに京へ？」

時吉がたずねた。

「おう、その件だが……」

やおら座り直すと、あんみつ隠密はいささか異なことをたずねた。

それを聞いて、時吉と京造は思わず顔を見合わせた。

「それだったら、平仄《ひょうそく》がぴたりと合うことが……」

時吉はそう前置きして、仔細を語りだした。

聞くにつれて、黒四組のかしらの表情がほころんでいった。

「おれの鼻も大《てえ》したもんだな」

と、自画自賛する。

「来た甲斐があったぜ。前祝いに甘え茶菓子でもくんな」

あんみつ隠密が上機嫌で言った。

「承知しました」

時吉は笑顔で答えた。

八

「江戸の客は、羊羹《ようかん》でお酒を呑まはりますのんか。えらいもんどすなあ」

あんみつ隠密が帰ったあと、大おかみが険のある言い方をした。

菊菜浸しと翡翠揚げ。自慢のお通しを残された板長も不機嫌そうだ。

そういった険悪な気の漂う宮戸屋の厨で、仕切り直しの談判になった。

「お母はん」

京造が厳しい顔つきで言った。

「何どす？」

おやえが短く問う。

「前に言うた昼の膳、どうあってもやらせてもらいますで。時吉さんに教わった焼き飯を出しますよってに、文句は言わんといてや」

跡取り息子はきっぱりと言い放った。

「何言うてるの、あんた。藪《やぶ》から棒に」

おやえが顔をしかめる。

「藪から棒とちゃうねん。おさちとも、時吉さんとも、良松とも相談して決めたんや」

京造は身ぶりをまじえて言った。

「入れ知恵されたんか」

大おかみは時吉をぎろっと見た。

「わたしは宮戸屋を立て直すために、京へ呼ばれたのです」

時吉が背筋を伸ばして言った。

「もし昼の膳をやらんかったら、宮戸屋はつぶれる。それはもう火ィを見るよりあきらかや」

京造の声に力がこもる。

「こないだの婚礼みたいなんが続いて入ったら、まだまだいけます。この宮戸屋のはんなりした料理は……」

「腹の足しにならへんやんか。見てくればっかりや。お客はんは皿を食べにきたのとちゃんねんで」

「あんたは黙っとり」

「黙らへん」

京造は一歩も引かぬ構えだ。

「もうこれで終いか、という目でお客はんからなんべんも見られました。見世が流行らんようになるのも当たり前やとうちは思います」

おさちも気丈に言う。

「何言うてるの、太秦の出ェのもんが」

おやえが唇をゆがめた。

「そのように人を見下すから、客が離れていくのです」

時吉ははっきり言った。

「料理の皿というものは、『どうぞお召し上がりください』と下から出さなければなりません。ゆめゆめ『どうだ、ありがたく食え』と上から出してはなりません。そのあたりを、宮戸屋のお二人は料簡違いをしている。それを改めないかぎり、宮戸屋に先はないでしょう」

「よう言うてくれはりましたな」

丑之助が言った。

ただし、目つきは上目遣いだ。

「江戸から来はった料理人さんのありがたいお小言や。せいぜい聞いときますわ」

「しっかり聞け」

時吉の声が怒気をはらんだ。

「いいか。引き返すなら、いましかない。料簡違いを改め、宮戸屋を立て直すには心を入れ替えるしかないんだ」

「何にも悪いことはしてまへんで。人聞きの悪い」

丑之助は眉間にしわを寄せた。

「そや、板長はんの料理と、お母はんのもてなしには、心がこもってへんのや」

京造の言葉に、おさちばかりでなく、仕込みの手を止めて聞いていた良松までうなずいた。

「料理は、心です」

時吉は胸に手をやった。

「たとえ腕に甘いところがあっても、心をこめて一生懸命つくった料理はお客さんの心に伝わります。それにひきかえ、いくら腕は達者でも、心のこもっていない料理はいけません」

「うちの料理はほっこりせえへんねん」

京造が言った。

「何でやと思う？　お母はん」

おやえに訊く。

大おかみは怖い顔のまま黙っていた。怒りを必死に抑えている様子だ。

「うちの料理は、おのれらを自慢してるだけやねん。この上品な料理はどうどすえ、お皿もよろしおすやろ、と鼻にかけてるだけや。そやさかい、肝心のお客はんのおなかの具合も分からへんねん。ようそんな料理ばっかり出してて恥ずかしないな」

そこで大おかみの手が動いた。

　ぴしゃり、と京造のつらを張る。

「出てお行きやす」

　おやえは言った。

「焼き飯とか出したかったら、よそで出し」

　大おかみは声をふるわせた。

「お世話になりました。出て行かせてもらいます」

　おさちがきっぱりとした口調で言った。

「いけずばっかり言われるのはもう御免どすよってに。京の町中のほうで生まれたのが、そんなに自慢なんどすか。自慢することが、それくらいしかないんどっしゃろな。そらまあ哀れなことどすな」

　若おかみは最後にそう言い返した。

　大おかみの顔が怒りで朱《しゅ》に染まる。

「わても出て行かしてもらいます」

　良松も言った。

「いくら土山の山猿でも、時吉さんか板長はんか、どっちの料理が人の心を打つかくらいは分かりますよってに」

「勝手にせえや」

丑之助はとうとう声を荒らげた。

「物の分からん田舎者は、みんな出て行け。気ィ悪い」

板長はそう言うと、まな板をどんと打ちつけた。

もはや、これまでだ。

「よし、行こう」

時吉がうなずいた。

「はい」

京造が続いた。

「あとで泣きついてきても、鐚《びた》一文出しまへんで」

大おかみがしゃがれた声で言う。

「だれが泣きつくか」

それが捨て台詞《ぜりふ》になった。

京造はもう宮戸屋の跡取り息子ではなくなった。

第七章　煮ぼうとうと味噌煮込みうどん

一

宮戸屋を飛び出したものの、すぐ新たな見世を始められるわけではなかった。

ひとまずは、雨露をしのぐところへ行くしかない。一同はおさちの実家《さと》を頼ることにした。

「すまないね、苦労ばっかりかけて」

京造が歩きながらわびた。

「そんな、水臭い。夫婦《めおと》やさかい」

おさちはそう言って笑った。

実家の畑では、金時人参、青味大根、九条葱といった京野菜を手広くつくっているらしい。京造が修業の一環として太秦の農家へ仕入れに行ったとき、小町娘のおさちに一目惚れしたという話だった。

「ご両親は達者なのかい？」

時吉はおさちにたずねた。

「ええ。元気に畑に出ているはずです」

おさちは答えた。

大おかみの重石《おもし》が取れたせいか、宮戸屋を追い出されたというのに、その表情は晴れ晴れとしている。

「わても農家の出ェですさかい、何でもやらせてもらいます」

良松がくりくりした目で言う。

こちらも板長に叱られているときとは顔つきが違った。

「おう、頼むで」

京造が言う。

「畑は収穫で忙しい時季だね」

時吉が言った。

「そうなんです。どれも寒うなってくるとおいしい野菜なんで」

おさちが答える。

「手は足りてるのかい？」

時吉が問うた。

「兄が二人いて、どっちもお嫁さんをもろてます。まだ子ォはちっさいんですねんけど」

「みんな仲がよろしねん」

京造が笑みを浮かべた。

「もし手が余っていたら、新たな畑を耕そう」

時吉は二の腕をたたいてみせた。

「それはみんな喜びます。耕しとうても手が足りひんで、いままででけへんだとこもぎょうさんありますんで」

おさちが言った。

だんだんに話がまとまってきた。

「で、肝心なのは新たな見世だな。太秦に出すわけにもいくまいから」

時吉は京造を見た。

「収穫した野菜は京の市場へ売りにいきます。その帰りに、いろいろ探してみよかと思てます」

京造はいい顔つきで答えた。

こうして段取りが決まった。

山の端《は》に日が沈み、あたりが暗くなるころ、宮戸屋を出た一行は太秦のおさちの実家に着いた。

二

寝耳に水のことだっただろうが、いきさつを述べると、おさちの家族はあたたかく迎え入れてくれた。

「うち、もう辛抱でけへんでん」

大おかみからいけずを言われていたおさちは、母のおつやに向かって泣き顔で言った。

「守ってやれんで、すまんことどした」

京造が座敷に両手をついて謝った。

「そんなことせんといて、京造はん」

おさちの父の安蔵《やすぞう》が言った。

二人の息子は安太郎《やすたろう》と安次《やすじ》、その女房も控えている。

「済んだことはしゃあない。なあ、母さん」

安蔵は女房に言った。

「無事が何よりや。よう帰ってきた」

母は娘をねぎらった。

「物置かどこか、雨露さえしのげれば、われわれはどこでもかまいませんので」

時吉は良松を手で示して言った。

すでに身元は伝えてある。初めは探るようなまなざしで見られたが、話が進むにつれてだんだんにやわらいできた。

「時吉さんは江戸でも指折りの料理人なので、明日からいろいろつくってくれはると思うわ」

京造が言った。

「江戸から醤油や味噌やたれを持ってきていますので、お望みのものをおつくりします。畑仕事や開墾もやらせていただきますので」

時吉はここぞとばかりに言った。

「なら、さっそくなんぞ食べたいな」

「江戸の料理って食うたことないさかいに」

安太郎と安次が乗り気で言った。

「よし……では、粉と水があればすぐできる煮ぼうとうにしよう」

時吉はすぐさま決めた。

「煮ぼうとう？」

安太郎がきょとんとした顔で問う。

「そうだ。味噌仕立てでうまいぞ。……こね鉢と麺《めん》ののし棒をお借りできますか？」

時吉はおつやにたずねた。

「へえ、おうどんはたまに打ちますよってに」

おさちの母が答える。

「うどんとは違うんですか？」

安蔵が問うた。

「塩を入れずに、生《なま》の麺からゆでていきます。おかげで少しとろみがついてあたたまりますよ」

時吉は笑みを浮かべた。

さっそく支度が始まった。

京造と良松も手伝い、金時人参と青味大根の辛くないところを切る。里芋も入れ、九条葱を煮立ってから入れればいい。

時吉は心をこめて麺を打った。

宮戸屋に漂っていた良くない気を振り払うかのような気合だった。

「うどんと違って、ふぞろいでかまわないので」

興味深げに見守る面々に言う。

「味つけはどうしますのん？」

安太郎の女房が気安くたずねた。

「甲州《こうしゅう》は味噌仕立て、武州《ぶしゅう》深谷《ふかや》は醤油仕立てです。どちらでもできますよ」

「なら、うち、お味噌で」

「醤油も食いたいな」

「わいも醤油で」

「いや、味噌のほうがええで」

みな口々に言う。

手を挙げてもらったところ、わずかに味噌が多かった。醤油は明日に回して、今夜は味噌仕立てにすることにした。

囲炉裏《いろり》を囲み、具が煮えるのを待つ。

九条葱が入った。あとは金時人参が煮えるのを待つばかりだ。

味噌は持参した江戸味噌と仙台味噌、それに地元の西京味噌を合わせた。隠し味に醤油とたれも加えると、えも言われぬ味わいになった。

「煮え具合を見てくれ」

時吉は京造に言った。

金時人参がほっこりと煮えていれば頃合いだ。

「うわ、こらおいしいわ」

京造が声をあげた。

「なら、出来上がりです。召し上がってください」

時吉が笑顔で告げた。

「うちが取り分けるさかい」

実家に戻ってきたおさちが張り切って言った。

母も手伝い、たちまちみなに椀が回った。

「ああ、こらうまい」

「お味噌がしみてて、おいしいわ」

「麺もええ按配や」

感嘆の声がほうぼうからあがる。

「油揚げがあったら、味を吸ってさらにおいしくなるんですが」

時吉が言う。

「なら、町中へ行ったときに買《こ》うてきまひょ」

京造が請け合った。

鍋の中で、すべての食材がいいつとめをしていた。

おかげで、みなが笑顔になった。

京に来てから、初めて料理人らしい仕事ができた。

時吉はしみじみとそう思った。

三

翌る日から畑に出た。

金時人参はていねいに抜かないと折れてしまう。その勘どころとともに、育て方も時吉は教わった。

「この人参は畝《うね》を高《たこ》うせんとあかんのどす。その分、手間はかかりますけどな」

手を動かしながら、安蔵が言った。

「雑煮に入れたり、粕汁の具にしたりしたらおいしおす」

おつやも言う。

「では、もしよろしければ、種を頂戴したいのですが」

時吉は申し出た。

「そら、なんぼでも」

安蔵は二つ返事で答えた。

「ありがたく存じます。江戸でうまく育つかどうか分かりませんが、やってみます」

「ほかの大根や葱の種もお持ちください」

太秦の農夫は快くそう言ってくれた。

京造とおさちは京の町中へ野菜を運んでいた。見世探しもしなければならないから、帰りはちょっと遅くなった。

「あ、間に合わなんだか。お揚げさん、買うてきましてん」

帰るなり、京造があわてて言った。

「いや、いまからでもいいよ。刻んで入れよう」

時吉が立ち上がって言った。

今晩も煮ぼうとう鍋だ。

昨日はもう寝ていたわらべたちもまだ起きていて、鍋が煮えるのを待っている。

今日は武州深谷ではおなじみの醬油味だ。名産の葱が京の九条葱に変わっている。

「焼き豆腐も買うてきました」

おさちも言った。

「ああ、いいね。それも入れよう」

「木綿豆腐もようけ買うてきました」

京造が笑みを浮かべた。

「なら、明日は豆腐飯や」

良松の瞳が輝いた。

ほどなく支度が整った。足《た》された油揚げと焼き豆腐に味がしみれば、煮ぼうとう鍋の出来上がりだ。

「熱いさかい、ふうふうして食べや」

おつやが孫に言う。

「うん」

千吉と同じくらいの歳のわらべがうなずき、息をふうふう吹きかけてから金時人参を口に運んだ。

「どうや？」

祖母が優しく問う。

「おいしい」

わらべは満面の笑みで答えた。

「味噌もええけど、これもうまい」

「明日は名物の豆腐飯やで」

おさちが安次に言った。

「楽しみやけど、腹出るわ」

安太郎がおのれの腹をぽんとたたいた。

「その分、働いたらええ」

父の安蔵が言う。

「耕すところがあったら、いくらでもやりますので」

時吉が手を挙げた。

「時吉さんは元はお武家様で、剣の達人だったそうやで」

京造が伝えた。

「ほう、道理でええ体つきをしてると思た」

と、安蔵。

「なかなか手ェが回らなんだとこがありますねんけど」

安太郎がおずおずと言った。

「ああ、いくらでもやるよ」

農家の後継ぎに向かって、時吉は鍬を振り下ろすしぐさをした。

「おっちゃん、力強い？」

わらべの一人が藪から棒に問うた。

「ああ、強いぞ」

「ほな、あしたからお相撲《すもう》して」

その言葉を聞いて、囲炉裏の周りに笑いの花が咲いた。

「ああ、いいぞ」

時吉も笑って答えた。

四

次の日から、時吉は新たな畑を耕しはじめた。

久しく手がついていなかったところだけあって、枯れ草を刈り取ったり石をどけたりするだけでもひと苦労だったが、いざ鍬を握ると、目を瞠《みは》るほどの速さで畑に生まれ変わっていった。

それとともに、次々に自慢の料理を披露した。

豆腐飯はもちろん好評で、われもわれもとお代わりをするから、あっという間になくなってしまった。

山の幸をふんだんに使った散らし寿司も、みなが笑顔になった。

松茸に甘辛く煮た椎茸。錦糸《きんし》玉子に干瓢に油揚げ。

「酢ゥの按配がええな」

「これやったら、なんぼでも胃の腑に入るわ」

ほうぼうから声が飛ぶ。

「お代わり」

わらべが茶碗を差し出すと、場に和気が満ちた。

手が空いたときは、わらべと相撲の稽古をする。時吉の厚い胸板に向かって、わらべたちは気張ってぶつかっていった。

そんな調子で、時吉はすっかり太秦の農家になじんだ。

あとは、京造とおさちの見世がうまく出せればいいのだが、居抜きで出ているところは帯に短く襷《たすき》に長しで、どうもこれはというところが見つからなかった。

「どうだった?」

時吉の問いに、

「あきまへんな」

京造が苦笑いで答える日々が続いた。

しかし……。

その日は表情が違っていた。

「やっと見つかりましたわ」

家に戻るなり、京造は言った。

「見つかったか」

「へえ、鴨川《かもがわ》の近くで、元は鰻屋はんやったとこどす」

京造は瞳を輝かせた。

「それなら厨を使えそうだな」

と、時吉。

「ちょっといじったらいけますわ」

京造が笑みを浮かべる。

「近くに名の通った見世はいろいろありますねんけど、うちはうちでやらしてもらおと思てます」

すっかりおかみの顔で、おさちが言った。

「それが一番だ」

時吉はうなずいた。

「ついては、さっそく明日、みなで下見にと」

京造が言った。

「おう。そうしよう」

時吉はすぐさま答えた。

五

「前を通って行くか？」

時吉が京造にたずねた。

四条大宮の宮戸屋の前を通っても、鴨川の売り見世に行くことはできる。

「やめときまひょ。出て行けと言われたんやさかい」

跡取り息子だった男は顔をしかめた。

「またいけず言われるだけどすんで」

おさちも和す。

「そうか。なら、避けて向かおう」

「へえ」

一同は千本通《せんぼんどおり》を南に向かった。

元は朱雀大路《すざくおおじ》だった長い通りをしばらく歩く。

「五条で曲がるのが近いんですけど、七条の角《かど》っこに料理屋はんがありますんで」

京造が言った。

「先に食べていくのか？」

時吉が問う。

「いや、見世の構えを見るだけで」

「あそこらの料理屋はんは高いので」

おさちが苦笑いを浮かべた。

福山《ふくやま》と丹波屋《たんばや》、川魚の料理屋が軒を並べていた。通りを渡ったところにも橋本屋《はしもとや》
久右衛門《きゅうえもん》などがのれんを出している。

「うちも近くは旅籠屋ばかりだが、このように料理屋がたくさんあると、お客さんも
足を運びやすいかもしれないね」

それぞれの構えを見ながら、時吉は言った。

「そうですね。たまに味を思い出して来てくれはる人がそれなりにいたら、見世も
あんじょう（ちゃんと）やっていけると思いますわ」

京造が老舗ののれんを見て言った。

野菜の荷を背負っている良松がうなずく。

「毎日来てくれはるんやったら、それに越したことあらへんけど」

おさちがそう言ったから、場に和気が満ちた。

差配の家をたずねる前に、まずは野菜を卸《おろ》した。京造の才覚で、市場ばかりでなく、料理屋へじかに卸すようになっている。

烏丸《からすま》通の何軒かの料理屋に金時人参や九条葱を卸し、荷が軽くなった。

京造の案内で、差配の家を目指す。

「ここですわ」

京造が手で示した。

宮戸屋ほど大きくはないが、ここも京の町家だ。

「すんまへーん。金六《きんろく》はん、いてまっか」

中へ声をかける。

ほどなく差配人が出てきた。

「あっ、江戸のお師匠はんどすか。わては差配をやらせてもろてる金六っちゅうもんどすわ。どうぞよろしゅうに」

笑みを浮かべた男が如才なく挨拶した。

「のどか屋の時吉です。どうかよしなに」

時吉も頭を下げる。

「京造はんから、よう話を聞かせてもらいましたわ。江戸の料理人は、ええ面構えでんなあ」

金六は感に堪えたように言った。

「まあま、そんなこと言うてんと、ご案内しまひょ。ええ出物ですよってに」

差配人はにこやかに言った。

六

「柳の陰っちゅうのが、ええ感じどっしゃろ？」

金六が指さした。

「いまは枯れてますが、青々とする時季にはええんとちゃうかと」

京造が言う。

「そうだね。近くの高瀬川《たかせがわ》のほうには生洲《いけす》料理屋が多いが、鴨川のほうはそうでもないんだな」

あたりを見回して、時吉が言った。

「そうどすねん。隠れ家みたいな見世にでけたらええなと思てます。なあ、おさち」

京造は女房を見た。

「へえ、お客さんにほっこりしていただけたらと」

おさちが笑みを浮かべる。

「その心持ちがあったら、きっと流行《はや》りますわ。なに、前の鰻屋はんも流行らなんだわけやないんですわ。歳がいって大儀《たいぎ》になってきたさかい、まだ体の動くうちにやめて田舎へ引っこもうっちゅうことでのれんを下ろしはっただけで。べつに験《げん》の悪いとこでも何でもおまへんよってに」

能弁な差配人は、半ばは時吉に向かって言った。

一同は中に入り、見世の造りをあらためた。

「ほう」

時吉はあごに手をやった。

間口は狭いが、奥行きは存外にあった。厨もそれなりに広そうだ。

「もちろん、畳は入れ替えますんで」

金六が小上がりの座敷を指さした。

まだそこはかとなく蒲焼きのたれの匂いが漂っている。古い畳にはいささか汚れが目立った。

「この見世に入るなり、ちょっと思いついたことがありましてん」

京造が謎をかけるように言った。

「何やろな」

良松が首をかしげる。

「お師匠はんやったら分からはりますやろ」

京造は時吉を見た。

「ここだな？」

時吉は厨の前を指さした。

「そうどす」

京造は満面に笑みを浮かべた。

「ここへ何かつくりはりますの？」

金六がたずねる。

「お師匠はんの見世には、ここに檜の一枚板の席がおますねん。前に高めにこしらえた長床几を置いて、座って呑み食いもでけます。ほんで、厨からでけたてのもんを『へい、お待ち』とあつあつのうちに出せますねん」

京造は身ぶりをまじえて伝えた。

「なるほど。ほな、大工はんを入れなあきまへんな」

差配が呑みこんで言った。

その後も検分は続いた。

見世ばかりではない。裏手の物置小屋や厠なども、使い勝手がいいかどうか調べておかなければならない。

厨に何を入れるか、京造とおさちと時吉は事細かに打ち合わせた。ときには良松も知恵を出し、だんだんに絵図面ができあがっていった。

「これはいけそうですな」

京造が力強くうなずいた。

「ほな、決まりでよろしおすやろか？」

金六が笑顔で問うた。

「どうぞよろしゅうに」

京造が張りのある声で答えた。

七

見世が決まったという知らせを土産《みやげ》に帰ると、太秦の農家はわいた。

「そうか、いよいよか」

安蔵が少し感慨深げに言った。

「人参も大根も葱も、荷車で運んで行ったるさかいに」

安太郎が請け合う。

「ついでにお米や茸や鶏も」

おさちが兄に頼んだ。

「おう」

「なんぼでも持って行ったるで」

安次も力こぶをつくった。

「ほな、前祝いに何ぞつくってくださいな、お師匠はん」

京造が笑顔で頼んだ。

「おう、分かった」

二つ返事で請け合うと、時吉はうどんを打ち出した。

煮ぼうとうが続いているので、今日はうどんにした。力自慢の時吉が打つうどんはこしがあって実にうまい。

「お揚げさん、刻みまひょか」

良松が声をかけた。

「おう、頼む。油揚げが入ると入らないのとでは、だいぶ違うからな」

うどんを打ちながら、時吉が答えた。

味つけもとっておきのものを出した。

旅の途中で買った八丁味噌だ。

ただし、西京味噌も少しまぜた。味噌汁もそうだが、赤味噌に少し白味噌をまぜると、えも言われぬ風味が出る。

畑で採れた野菜に加えて、椎茸や鶏肉、油揚げに蒲鉾、具がとりどりに入った。

「おお、ええ香りや」

安蔵が相好《そうごう》を崩した。

囲炉裏の周りに、味噌のいい匂いが漂う。

「そろそろ頃合いですね。取り分けましょう」

時吉が笑みを浮かべた。

囲炉裏の周りに、その笑顔はだんだんに伝わっていった。

「熱いか」

「ふうふうして食べや」

わらべにかける声も飛ぶ。

「ところで、肝心なことやが……」

家長の安蔵が、そう前置きしてからたずねた。

「おまはんらの新たな見世、名前は何にするんや？」

と、京造とおさちの顔を見る。

「それはもう、思案してありますねん」

京造は箸を置いた。

「決まってるのか」

「うちらでは話をしたんやけど」

おさちは京造を見た。

「お師匠はん」

京造はやにわに正座になった。

「何だ？」

時吉が見る。

「お師匠はんの見世の名ァを、いただきたいと思てるんどすわ」

「のどか屋か」

「へえ。のれん分けでけるような腕とちゃいますねんけど、のどか屋みたいなほっこりした見世にしたいなと思て、おさちとも話してたんどすわ。どうぞよしなに」

宮戸屋の跡取り息子だった男は、そう言って頭を下げた。

「よろしゅうに」

おさちも続く。

「……いいぞ」

時吉は快く言った。

「ありがたく存じます」

夫婦の声がそろう。

「あの『の』と染め抜いたのれんも真似してよろしおすやろか」

京造はさらに言った。

「いくらでも真似してくれ」

時吉は笑って答えた。

「へえ、ありがたいことで」

京造は重ねて頭を下げた。

「そうと決まったら、段取りせなあかんな」

安蔵が腕組みをした。

「のれんは上等な染物屋はんに頼んだほうがええで。見世の顔やさかい」

おつやも言う。

「看板なら、名人を知ってるで」

安太郎が手を挙げた。

「あとは器やな」

安次も言う。

それやこれやで、絵図面が少しずつ密になっていった。

話が進むにしたがい、味噌煮込みうどんの鍋も平《たい》らげられていく。

「残った味噌で焼きおにぎりをつくろうか」

時吉が申し出た。

「お願いしますわ」

京造がすぐさま言った。

「おにぎり、食べたい人は？」

おさちが問うた。

「はい」

「なんぼでも食うで」

「聞いただけでうまそうや」

手が続けざまに勢いよく挙がった。

第八章　若狭焼きと味噌漬け焼き

一

「ええ按配にでけましたな」

大工の棟梁がそう言って、ぽんと檜の一枚板をたたいた。

「これなら地震が来てもびくともしませんね」

時吉が満足げに答える。

「若い木のええ香りがしますわ」

京造が目を細めた。

「長床几もちょうどええ感じで」

おさちも和す。

京ののどか屋の顔とも言うべき一枚板の席ができた。

長床几の高さを事細かに伝えておいたから、申し分のない出来になった。みなが座ってみたが、背丈の高い時吉でも、上背のない良松でも落ち着く按配になっていた。

「だんだん使いこんでくると、いい色合いになってくる。料理を出しながら、一枚板をお客さんに育てていただくんだ」

時吉は教えた。

「へえ。お師匠はんのとこも、大お師匠はんのとこも、ええ色合いになってますさかいに」

京造がうなずく。

大お師匠はんとことは、もちろん長吉屋のことだ。

「座敷もあとは畳を入れたら終《しま》いどすな」

棟梁が指さす。

「へえ。そらもう、手配してますよってに」

京造があるじの顔で答えた。

「楽しみやな」

「居抜きの見世やし、具合の悪そうなとこはわてらが直したたし」

「厠もきれいになったわ」

「ええ見世になるで」

大工衆は口々に言った。

「見世開きをしたら、来ておくれやっしゃ」

京造が如才なく言う。

「お待ちしております」

おさちも笑顔で言う。

「おう、みなで来るで」

棟梁は二つ返事で請け合った。

「楽しみやな」

「うまいもん食わしてや」

大工衆は口々に言った。

二

大工衆が次の普請場へ行くのと入れ替わるように、染物が届いた。

まずは、のれんだ。

「うわあ」

ほど良い大きさののれんが広げられると、良松が嘆声をあげた。

「いい色合いだな」

時吉も感に堪えたように言った。

友禅《ゆうぜん》の染物だ。

あたかい色合いの朱華《はねず》に「の」の字が染め抜かれている。

「お日さんが当たったら、いっそうあたたかみが増しますんで」

染物屋が笑顔で言った。

「ええ感じやわ」

おさちはひと目で気に入った様子だった。

「大事にせんとあかんなあ」

京造は気の入《はい》った目で言った。

のれんの次に、作務衣が届いた。

こちらは西陣織《にしじんおり》だ。

京造と良松は精悍な紺色、おさちはさわやかな撫子《なでしこ》色だ。いずれの作務衣にも

「の」が散らされている。

着替えてみると、すぐさましっくりとなじんだ。

「早《は》よ見世を開けたいですわ」

京造が笑みを浮かべた。

「いらっしゃいまし。ようお越し」

おさちが客を迎える稽古をした。

軒行灯もできた。

小料理　のどか屋

上品な字でそう記されている。

大料理ではなく、小料理。皿を下から出す、ほっこりとした隠れ家のような見世。

どこまでも江戸ののどか屋を手本にした構えだ。

最後に看板が仕上がった。

名人気質《かたぎ》で時はかかったが、彫りの腕前は折り紙付きだ。「のどか屋」という文字には風格が感じられた。

「これでそろったな」

時吉が言った。

「あとは刷り物の引札《ひきふだ》をつくって配ったら、見世を開けるだけどすな。武者ぶるい、してきましたわ」

京造の顔がほころぶ。

「引札配りなら、いくらでもするぞ」

「わてもやります」

良松が手を挙げた。

「ほな、みんなでやりまひょいな」

撫子色の作務衣を着たおさちが笑った。

三

「のどか屋、あさって見世開きどすぅ」

五条の橋の西詰で、おさちが刷り物を渡した。

「うまい豆腐飯が食べられます」

時吉がややぎこちない声を発した。

いつもは呼び込みに出ないから、いつ以来か分からないほどだった。そのせいで、どうも勝手が分からなかった。

「あの、お師匠はん」

良松がおずおずと言った。

「何だ」

「あんまりわっと近づいたら、みんなびっくりしますんで」

良松の言うとおりだった。

剣の間合いを詰めるかのように足を運んで、やにわに刷り物を渡そうとするから、驚いて身をかわす者もなかにはいた。

「そうか。やりすぎたか」

時吉は苦笑いを浮かべた。

「びっくりしはりますさかい」

良松も笑う。

「うちが配りますよってに、何ぞ口上《こうじょう》でも」

おさちが言った。

「口上か……なら、刷り物から」

時吉は手元に目を落とした。

　小料理のどか屋
鴨川五条上ル　もとうなぎや
たうふめし　やきめし　ちらしずし
煮ばうたう　おうどん
昼ぜんとりどり　小ばちとおわん付き
お酒とお料理でほつこり
うたげもでき〼

いささか気の多い刷り物だが、これですべて伝えることができる。

「えー、江戸の名物、豆腐飯……」

時吉は硬い調子で口上を始めた。

良松とおさちが思わず顔を見合わせる。

「お味がしみてて、ほんまにおいしおすえ」

「豆腐飯、いっぺん食うたらやみつきやで」

時吉の口が回らぬところを、二人で補う。

「焼き飯は、うまい玉子と九条葱」

時吉の口上もやっといくらかほぐれてきた。

この場に京造の姿はなかった。

刷り物を持って、四条大宮の宮戸屋へ向かったのだ。

出て行けと言われた身だが、見世を出すにあたっては、筋を通しておかなければならない。

京造はそう考えたのだ。

もしかすると、おやえの心も和らぎ、

「お気張りやす」

と、励ましの言葉をかけてくれるかもしれない。

そんな望みもあった。

だが……。

ややあって戻ってきた京造は、何とも言えない顔つきをしていた。

「どうどした？」

おさちが真っ先にたずねた。

「『お気張りやす』とは言われたけど、しゃべり方はこうやった。『まあ、せいぜいお気張りやす』」

京造は唇を突き出し、おやえの口調を真似た。

「いけずやわあ」

おさちが顔をしかめる。

「『おなかにたまるだけの膳を出さはるの。荷車引きはんとかにちょうどええな。うちらはそんなことようせんわ』とか、ほかにもいろいろ言われた」

京造は苦笑いを浮かべた。

「それだって立派な飯屋だ。ゆめゆめお客さんを見下したりしたら駄目だぞ」

信五郎の力屋を思い出しながら、時吉は教えた。

「へえ、『これ』でいきますんで」

京造は皿をていねいに下から出すしぐさをした。

「どうぞお召し上がりやす」

おさちも笑顔で真似をする。

「これで大丈夫だ」

時吉は太鼓判を捺した。

四

「いよいよ、明日やな」

太秦のおさちの実家で、安蔵が言った。

「へえ、旦那さんとおかみさんは仕込みがありますよってに」

引札を渡しに来た良松が告げた。

「運ぶのはこれだけでええのんか？」

紙に書かれたものを見て、安太郎が問うた。

「ほかにも入れてもろたらうれしいな、と言うてはりました」

見習いの料理人が伝える。

「よっしゃ。人参と大根と葱だけやったら精《せ》がないで」

「ほな、芋もどうや」

おつやが口をはさむ。

「海老芋はええ出来やで」

安次が言う。

「漬物《つけもん》はどうや？　まだ漬けたばっかりでよう出せへんやろ」

おつやが身を乗り出した。

「そや、膳に漬物がなかったらあかんで」

安蔵も和す。

「いや、大根の早漬けを仕込んでありますんで」

良松はあわてて言った。

「そら、そやな」

「田舎の漬物みたいなもん、出したらあかんがな」

「そやけど心配やさかい」

「ほな、おまえら、昼からでも行ったり」

安蔵が兄弟に言った。

「そやな、兄ちゃん」

「初日から暇やったら気ィ悪いさかい」

安太郎と安次が言う。

「五条の橋のとこで引札を配りましたんで、お客さんは来てくれはると思いますわ」

良松が言った。

「まあ、混んでて入れんかったら、どこぞ見物して帰ったらええわ」

「そやな、兄ちゃん」

話はこうしてまとまった。

「あんまり気張りすぎんようにと、あの子に言うといてや」

おつやが情のこもったまなざしで告げた。

「へえ」

良松はそう答えて目をしばたたかせた。

土山の在所にいる母の顔が、だしぬけに浮かんだからだ。

五

いよいよ、その日が来た。

「京の小料理のどか屋、見世開きでございますぅ」

おさちが晴れやかな顔で言った。

門出《かどで》を祝うかのように、小春日和《こはるびより》になった。

前もっての引札配りなどが功を奏したと見え、ありがたいことに、のれんを出す前から客の列ができた。

昼の膳の顔は豆腐飯だった。

筋《すじ》のいい豆腐屋から運ばれてきた木綿豆腐をじっくり煮込み、江戸よりわずかに薄めの味つけの豆腐が頃合いになっている。

「ようお越し」

「どうぞこちらへ」

京造とおさちがきびきびした動きを添えて迎えた。

厨の奥で、黒子《くろご》に徹した時吉と下働きの良松が手を動かす。

「お座敷、お相席で済みません」

おさちが声をかけた。

「おう、ええ見世やな」

「畳がええ香りや」

そろいの半被《はっぴ》の職人衆が言った。

「奥に囲炉裏もあるやんか」

「遅《おそ》までやってんの？」

「へえ。日ィが暮れるまではやらせてもらおと思てます。囲炉裏を囲んで、お酒とお料理を召し上がっていただければと」

　おさちが笑顔で言った。

「こら、ええわ」

「おかみもべっぴんやし」

「まあ、お上手言わはって」

　宮戸屋のおかみとは打って変わった、あたたかみのある客あしらいだった。

「豆腐、うまいなあ」

「ええ味しみてる」

　一枚板の客が声をあげた。

「豆腐だけすくって口に運んだあとは、わっと飯とまぜて、薬味を加えて召し上がってくださいまし」

　時吉が奥から食べ方を指南した。

「そうすると食べ味が変わりますんで」

手を動かしながら京造が言う。

「あっ、ほんまや」

「味が変わったで」

客の顔に驚きの色が浮かんだ。

「そうどっしゃろ?」

と、京造。

「江戸でいちばんの名物どすさかい」

おさちがここぞとばかりに言った。

「江戸の名人に来てもろて教わったんで」

京造が時吉を見た。

話にどんどん尾ひれがついていく。

「わざわざ来てもろたんか」

「そら、うまいはずやな」

一枚板の客は得心のいった顔つきになった。

「それにしても箸が迷うで」

「ほんに、豆腐飯だけでもうまいのに」

「このぐじの若狭焼き、絶品やなあ」

座敷の客から嘆声があがった。

ぐじ、こと甘鯛の若狭焼きは手間がかかる。陰干ししてから串を打って焼き、若狭地をかけながらあぶって乾かさなければならない。

本来なら二幕目の酒の肴なのだが、初日だから膳の顔がもう一つ欲しいので、思い切って入れることにした。おかげで厨は大車輪の忙しさだ。

「煮物もうまいやないか」

「金時人参の甘みが身にしみるわ」

「大根もうまいで」

「ほっこり煮えてる」

里の野菜を使った煮物をほめられたおさちが思わず笑みを浮かべた。

「汁もうまい」

「よう思案した膳やな」

客の評判は上々だった。

味噌をどれにするか迷ったが、まずは手堅く白味噌にいくらか赤味噌をまぜた白がちの味つけにした。

あまり江戸風を押しつけて客の舌に逆らうのは上策ではないだろう。

時吉はそう考えた。

「ああ、うまかった」

「また来るわ」

一枚板の席の客が笑顔で言った。

すぐさま次の客が入る。

「ありがたく存じました」

おさちがいい声を響かせる。

「お待たせしました。こちらへどうぞ」

手が足りないから、良松が客を案内した。

「ええ見世、見つけたな」

「これやったら毎日来たってもええで」

座敷の客も上機嫌だ。

それやこれやで、京ののどか屋の昼膳は飛ぶようにはけていった。

時吉の案で、膳の数はかぎるようにした。

一日何膳、とはっきり告げておけば、客は「早く食べなければなくなってしまう」

と急いでのれんをくぐってくれる。

その読みは当たった。

五条にかけて強気の五十膳で仕込んだのだが、半刻（一時間）あまりで売り切れになった。

「ありがたく存じました。またのお越しを」

客を送るおさちの声は、だいぶかすれていた。

六

「合戦場みたいな按配だったな」

洗い物の手を動かしながら、時吉が笑みを浮かべた。

「へえ、ありがたいことで」

京造が答える。

「うち、声がかれてしもて」

おさちがのどに手をやる。

「まだ昼が終わっただけやなあ」

良松が少し苦笑いを浮かべた。

「そうだ。ひと休みしたらまたのれんを出して、酒と肴だからな。気張って行こう」

時吉の声に、みなが気の入《はい》った返事をした。

ほどなく、京ののどか屋の二幕目が始まった。

「ご隠居はんとか元締めはんとか入ってきたら、びっくりしますな」

江戸ののどか屋で修業をした京造が戯れ言を飛ばす。

「はは、まさか」

時吉は白い歯を見せた。

代わりにまず入ってきたのは、普請をしてくれた大工衆だった。

「お、空いてるな」

「おめでとうさんで」

「これ、ちょいと差し入れや」

棟梁が小ぶりの酒樽を渡した。

伏見《ふしみ》の上等な酒だ。

「まあ、これはこれは、ありがたく存じます」

おさちがていねいに一礼する。

「さっそくお出しします」

京造が言った。

「いや、それを呑んでもそっちの利にならへん。ほかの酒、出したって」

棟梁は気を遣ってそう言ってくれた。

まもなく安太郎と安次ものれんをくぐってきた。

「おっ、客入ってるやないか」

「海老芋とか椎茸とか、いろいろ持ってきたったで」

太秦の兄弟が言う。

「ありがとう、お兄ちゃん」

おさちが花のような笑みを浮かべた。

ぐじは多めに仕入れたから、まずは若狭焼きを出した。

お次は真名鰹《まながつお》の味噌漬け焼きだ。

この日のために味噌床に漬けておいたとっておきの肴だった。味噌をふき取って平串をうねるように打ち、まず皮を焼いて身を焼く。味噌漬けにした魚は焦げやすいから、料理人の腕が問われるひと品だ。

「よし、でけた」

京造がうなずいた。

「どないでっしゃろ、お師匠はん」

と、時吉の顔を見る。

「いいぞ」

時吉はすぐさま言った。

いい焼き色がついている。

「お待たせいたしました。真名鰹の味噌漬け焼きどす」

おさちが皿を下から出す。

「おう。こら、うまそうや」

「さっそくいただくで」

箸が次々に伸びた。

評判は上々だった。座敷でも一枚板の席でも笑みがこぼれる。

「心配して来たんやけど、これやったらあんじょうやっていけるな」

「ほっとしたわ」

太秦の兄弟の顔に安堵の色が浮かんだ。

「椎茸と九条葱の串焼きどす。濃口のお醤油をかけて召し上がってくださいまし」

おさちが小粋な醬油入れを手で示した。

「お、江戸仕込みか」

「へえ、野田《のだ》っちゅうとこのお醬油で」

おさちが時吉のほうを見た。

今後の醬油や味醂については、のどか屋とは長い付き合いの醬油酢問屋の安房屋《あわや》から送ってもらうことにしていた。これで豆腐飯や焼き飯の味が変わることなく伝えられる。

「おお、うまいな」

「葱がなおさら甘《あも》うなるやないか」

「酒もすすむで」

大工衆は上機嫌で言った。

そうこうしているうちに、また客が入ってきた。

「おう、何や」

「『何や』はないやろ。うちの畳の座り初めをしたろと思てな」

「もうあんたら座ってるんかいな」

入ってきたのは、大工衆となじみの畳屋の面々だった。

「来るの遅いで」

「そやけど、囲炉裏のほうが空いてるな」

「何でけんの？」

畳屋のかしらがおさちに問うた。

「煮奴鍋でも煮ぼうとうでも水炊きでも、何でもできますよってに」

おかみの顔でおさちが答える。

「煮奴って、湯豆腐とは違うのん？」

べつの畳屋が問う。

「へえ、味のついただしで煮させてもろてます」

「味のないだしはないで」

京造が厨から言ったから、京ののどか屋に和気が満ちた。

「ほな、それ行こか」

「うまそうや」

畳職人たちがそう言ったとき、また二人の客が入ってきた。

四条で芝居見物をしてきた帰りらしく、すでに一杯機嫌だ。

「ここは鰻屋やったんとちゃうか？」

一人が問う。

「へえ。鰻屋はんやったとこを買わせてもらいまして。昼の膳と小料理ののどか屋っちゅう見世どすわ」

「どうぞごひいきに」

夫婦の声がそろう。

「ほな、そろそろわいらは引き上げよ」

「そやな。場所ふさぎやさかいに」

安太郎と安次が長床几から腰を上げた。

「みなによう言うといて」

おさちが声をかけた。

「ああ。言うとくわ」

「またなんぼでも運んだるで」

二人の兄が笑みを浮かべた。

そんな按配で、京ののどか屋の初日は千客万来だった。

日が暮れるまで、肴を出すたびに客の嘆声があがった。

「また来るわ」

「ええ隠れ家がでけたで」

「何とのう、落ち着くんやな、ここは」

「人も料理もほっこりしてるさかいに」

来てくれたお客さんは、みな口々にそう言ってくれた。

「ありがたく存じました。どうぞお気をつけて」

「またお越しくださいまし」

京ののどか屋の二人は、客の姿が薄闇に消えるまでていねいに見送っていた。

（これでいい……）

うしろ姿をじっと見守っていた時吉は、満足げにうなずいた。

第九章　べったら漬けと沢庵《たくあん》漬け

一

「もう指南役がいなくても大丈夫だろう」

いよいよ年が押し詰まってきたある日、時吉が京造に言った。

ちょうど昼の膳が終わったところだった。

今日の膳の顔は椎茸雑炊だった。干し椎茸の戻し汁をだしに使った風味豊かな雑炊はなかなかに好評だった。

京の冬は体の芯から冷える。そんなときは、身をあたためてくれるものがいちばんだ。

膳には吸い物と、ほっこりと煮えた金時人参と高野《こうや》豆腐の煮物も付けた。

高野豆腐は「お高野《こや》さん」と呼ぶ。それぞれに味つけが微妙に違うが、京造のは人柄がにじみ出たようないい味になっていた。

「ほな、江戸へ帰らはりますか？」

洗い物の手を止めて、京造がたずねた。

「そうだな。新年は江戸で迎えたいと、かねてより思っていたんだ」

時吉は答えた。

「ご家族もお待ちどっしゃろから、お引きとめするわけにはいかしませんなあ」

おさちが名残《なごり》惜しそうな顔で言う。

「そらそうや。いままで長々とお引きとめしてしもたんやさかい」

京造が言う。

「教えるべきことは、すべて教えたつもりだ」

時吉は笑みを浮かべた。

「ほんまは、もっともっと教わりたいとこどすねんけど、無理言うわけにもいきまへんよってに」

と、京造。

「毎日、心をこめてお料理をお出ししますんで」

おさちの顔つきが引き締まった。

「わても精一杯やらせてもらいます」

良松がいい声を響かせた。

「おう、頼むぞ」

「へえ」

見習いの料理人が頭を下げた。

「一人、手が足りなくなるから、ばたばたするだろうが、みなで相談しながら乗り切っていけ」

時吉はさらに言った。

「へえ、そうします」

「いろいろしくじりはあると思いますけど」

おさちが言った。

「しくじりながら覚えていくんだ。わたしだって、細かいしくじりはいろいろある」

「お師匠はんもどすか？」

「そうだ。見世を持ったからには、料理をつくるだけでは駄目だ。仕入れの段取りやお客さんへの出し方、いろんなことに気を配らなければならない。すべてがうまくいくはずがないから、しくじったら同じしくじりをしないように改めていけばいい」

時吉はそう教えた。

「肝《きも》に銘じますわ」

京造は胃の腑のあたりに手をやった。

「ほな、いまから支度して出はりますのん？」

おさちがたずねた。

「いや、それはあわただしすぎるので。今日はこれから太秦へ寄って、挨拶をしてくるつもりだ」

時吉は答えた。

「ああ、みなも喜びます」

おさちの顔がほころぶ。

「宮戸屋はどうしはります？」

いくらかあいまいな顔つきで、京造が問うた。

「宮戸屋か……いけずを言われに行くだけだろうからな」

時吉は二の足を踏んだ。

大おかみの冷たい笑みがありありと浮かんだ。

「そうどすな。すまんことどした」

跡取り息子だった男がわびた。

「なんの。本当は宮戸屋を立て直すために京へ来たわけだが、こうしてのどか屋がもう一軒できて良かったと思っている」

時吉は心から言った。

「お師匠はんにそう言うてもろたら、肩の荷が下りる思いがしますわ」

京造が身ぶりをまじえて言った。

「では、今晩は太秦に泊めさせてもらって、明日の朝、また来る。それから土産を買って、瀬田《せた》あたりに泊まることにしよう。うまく行けば、年が変わるまでに江戸へ戻れるだろう」

時吉はそんな絵図面を示した。

「なら、どうぞ気ィつけて、お師匠はん」

「太秦のみなによしなに」

「明日またお待ちしてます」

京ののどか屋の面々に送られて、時吉は太秦に向かった。

二

「よう骨折ってくれはりましたな。礼言いますわ」

安蔵がしみじみと言った。

「ほんまや。宮戸屋はんが傾きかけてるっちゅう話を聞いて、離縁されるんやないかと案じてましたんや」

おつやも言う。

「宮戸屋の大おかみがきつい人やと聞いたんで」

「兄貴と二人で怒鳴りこみに行ったろかと言うてましたんや」

安太郎と安次が笑みを浮かべた。

「いい按配に落ち着いたと思います。二人ともいい顔つきで働いていますから」

時吉は白い歯を見せた。

「それもこれも、お師匠はんのおかげで」

安蔵が言った。

「いくら礼を言うても足らんくらいで」

おつやも和す。

「こちらも人参や大根の種を頂戴しましたから」

と、時吉。

「お、その人参が煮えてきましたで」

安太郎が鍋の具合を見ながら言った。

今夜が最後だからと、時吉はまたほうとうを打った。具だくさんのほうとうがいい按配に煮えている。

おさちの里の家族が囲炉裏を囲んでいた。

「お母はん、腹減った」

「おなか鳴ったで」

わらべたちが口々に言う。

「はいはい、ほな」

「まだちょっと硬いかもしらんけどな」

そう言いながら取り分けていく。

「まあ、一杯」

安蔵が酒を注いだ。

った。


「いただきます」

銘のない田舎の酒だが、心にしみる味がした。

「あっ、そや」

鍋がだんだんに取り分けられたころ、おつやが何かに思い当たったように立ち上がった。

ややあって、おさちの母は小ぶりの壺を手にして戻ってきた。

「田舎家で何にもお礼がでけしまへんのやけど、これ、うちで漬けたべったら漬けですねん」

「そんなん、荷物になるやんか、やめとき」

安蔵が顔をしかめて言った。

「そやけど、気持ちやさかい」

おつやは譲らない。

「いただきますよ。それくらい、荷に入りますので」

時吉は快く受け取った。

「そうどすか。うちの子ォも大好きな京の漬物ですよってに。べったらを食べて、たまには京のことも思い出しておくれやっしゃ」

情のこもったまなざしで、おさちの母は江戸の料理人を見た。

「忘れません」

京のなさけを感じながら、時吉は答えた。

「またいい修業をさせていただきました。京へ来て良かったです」

時吉は笑顔で言った。

「ああ、そや」

安次がやにわに手を打ち合わせた。

「何や」

安太郎が問う。

「この煮ぼうとう、時吉鍋っちゅう名ァにしたらどやろ」

弟は味噌のいい香りを立てている鍋を指さした。

「ああ。そらええな」

兄はすぐ乗ってきた。

「そのほうが言《ゆ》いやすいな。太秦じゅうに広めたろ」

安蔵が二の腕をたたいた。

「そらええわ」

おつやも乗ってきた。

「時吉鍋、もっと」

わらべの一人がさっそくそう言ったから、田舎家に笑いがわいた。

料理人冥利《みょうり》に尽きる、と時吉は思った。

「さ、お師匠はんも」

取り皿が回ってきた。

「ありがたく存じます」

時吉はていねいに礼を言って受け取り、煮ぼうとうを口に運んだ。

なさけの分だけ、味が違う。

時吉はおのれの打った麺をしっかりとかんだ。

三

翌朝――。

時吉は朝早く太秦を出立した。

安太郎と安次も一緒だ。それぞれ、袋を背負っている。中身はむろん人参や葱や大根などだ。

　安蔵とおつやが見送りに出た。

「では、お世話になりました。いただいていきます」

　時吉はべったら漬けの壺を軽くかざした。

　江戸へ運ぶ荷は京ののどか屋に置いてきてある。とりあえずは漬物しか運ぶ物がなかった。

「道中、くれぐれも気ィつけて」

　安蔵が言った。

「ほんまに、言葉もないくらいで」

　おつやが目をしばたたかせた。

「どうかお達者で」

　時吉は言った。

　ひとたび江戸に戻ったら、もう二度と太秦の田舎にまで来ることはないだろう。これが今生《こんじょう》の別れかと思うと、胸の詰まる思いがした。

「お師匠はんも」

「お達者で」

おさちの両親に送られて、時吉は京ののどか屋へ向かった。

安太郎と安次からは、道々、京野菜の育て方をさらに教わった。

「あれはそろそろ刈り入れなあきまへんな」

兄がある畑を指さした。

「食べごろがあるからな」

と、時吉。

「へえ。遅なったらとうが立ってしまいますねん」

弟が言う。

「それから、葱は連作がでけまへんよってに」

安太郎がさらに言った。

「ああ、それは安蔵さんから聞いた。一年か二年空けるようにと」

「なら、大丈夫や」

安次が笑みを浮かべた。

のどか屋があるからおのれの手で育てるのは難しいが、しかるべき人が見つかれば種を渡すことにしよう。もし金時人参や九条葱が江戸でも育てば、お客さんにさらに喜んでいただけるだろう。それが何よりの土産だ。

時吉はそう思った。

そうこうしているうちに、五条ののどか屋が近づいてきた。

「おっ、もう仕込みをしてるな」

安次郎が鼻をひくひくさせた。

いい匂いが漂ってくる。

「そう来たか」

時吉が言った。

「どう来たんどす？」

安次が問う。

ひと息入れてから、時吉は答えた。

「今日の昼膳は、豆腐飯だ」

その答えを聞いて、兄弟も笑みを浮かべた。

四

せっかくだから、昼膳が終わるまで手伝うことにした。

膳の顔は豆腐飯。

ぐじの洗い、壬生菜《みぶな》と油揚げの炊き合わせ、これに吸い物がついたほっこり膳だ。

ちょうどいつもの大工衆が来てくれた。

「お師匠はん、今日で終いですねん」

京造が告げた。

「終いって、江戸へ帰らはりますのん」

棟梁が驚いたように問う。

「ええ。長々と留守にするわけにもいきませんので」

時吉は答えた。

「そうどすか。そら名残《なごり》惜しいわ」

「そやけど、ええ料理を京に伝えてくれて、ありがたいことどしたな」

「ほんまや。なんべん食うても豆腐飯はうまい」

「焼き飯もええけどな。濃口醬油の焦げる匂いがぷうんとして」

「あれがまた九条葱に合うねん」

大工衆は口々にそう言ってくれた。

「のどか屋を、これからもどうぞよしなに」

時吉は願いをこめて言った。

「おう、来たるで」

座敷の客からも声が飛んだ。

「心配せんでもええで、お師匠はん」

「なんぼでも来たるさかいに」

「のどか屋の座敷で呑むのがいちばん落ち着くねん」

嬉しい声がいくつも響いた。

「江戸見物へお出かけの際は、お師匠はんの旅籠へ泊ってくださいましな」

おさちが如才なく言ってくれた。

「旅籠、やってはりますのん」

客の一人が問う。

「ええ。旅籠付きの小料理のどか屋を、横山町でやらせてもらってます。どうぞお越しください」

時吉も笑顔で言った。

四十にかぎった昼膳は滞《とどこお》りなく出尽くした。

京ののどか屋ののれんがしまわれ、中休みに入った。

別れの時が来た。

「ほな、こっちはこっちで気張ってやりますさかいに」

見送りに出た京造が言った。

「ああ、気張ってやってくれ」

時吉は白い歯を見せた。

「のどか屋の名ァを汚《けが》さへんように、力を合わせてやっていきますよってに。お師匠はんも、どうぞお体に気をつけて」

おさちがうるんだ目で言った。

「力を抜くところは抜かないと保《も》たないよ」

時吉は諭すように言った。

「へえ」

おさちがうなずく。

「何にせよ、一日一日の積み重ねだ。それがのれんの重みになる。檜の一枚板もいい色合いになっていく」

「一日一日どすな」

京造が感慨深げにうなずいた。

「お師匠はん……」

そう切り出したものの、良松はすぐさま言葉に詰まった。

宮戸屋では一緒に狭いところで寝泊まりしていた。さまざまなことが思い浮かんできて、胸がいっぱいになってしまったのだ。

「達者でな、良松」

時吉は肩を一つたたいてやった。

「へえ……」

涙声がかろうじて響く。

「泣かんとき、良松はん」

おさちが言った。

おかみの目も真っ赤になっている。

「おまえなら、きっと立派な料理人になれる。気張ってやれ」

時吉は良松を励ました。

「お師匠はん……」

見習いの料理人は顔を上げた。

「おおきに」

地《じ》の言葉で礼を述べる。

情のこもったひと言だった。

「なら、仕込みもあるだろう。このへんで」

時吉は右手を挙げた。

「へえ、気ィつけて」

「いつか、江戸見物へ行かしてもらいますよってに」

京ののどか屋の夫婦が言う。

「ああ、待ってるよ」

最後に笑顔で告げると、時吉は何かを思い切るようにきびすを返した。

半町（約五〇メートル）ほど歩いたところで、時吉は一度だけ振り向いた。

京ののどか屋の三人は、まだ立って見送ってくれていた。

手を振る。

時吉も振った。

「達者でな」

最後に時吉は声を張り上げた。

「お師匠はんも」

良松が精一杯の声で答える。

「気ィつけて」

「おかみさんによしなに」

これから見世を切り盛りしていく若い夫婦の声がそろった。

五

京ののどか屋を出た時吉は、四条で土産をいろいろ買った。

千吉への土産は何にするか迷ったが、いい按配の小刀にした。

三本一組で、どれも刃がしっかりしている。料理の細工仕事をするにはもってこいの道具だ。

おちよと手伝いの女たちには匂い袋を買った。いかにも京らしい、はんなりとした品だ。

もう一つ、小ぶりの京焼の皿も買った。色合いがいささか派手だが、それもまた一興だろう。

こうして支度が整った。

宮戸屋には寄らなかった。料簡違いを悟ってくれればという思いはいまでもあるが、是非もない。

時吉は京を離れた。

その日は瀬田の宿に泊まった。

琵琶湖《びわこ》名物、いまが旬の氷魚《ひうお》のかき揚げが美味だった。エリという独特の漁法で獲る氷魚は鮎《あゆ》の稚魚だ。

旅の宿で独り呑む酒は心にしみた。

ここは故郷に近い。

街道からそれ、南へ向かって険しい山を越えれば、そこはもう大和梨川だ。

大和梨川藩の禄を食《は》んでいた磯貝徳右衛門は、ゆえあって刀を捨て、包丁に持ち替えて料理人になった。そして、おちよとともにのどか屋を切り盛りし、千吉が生まれ、ここまで歩んできた。

思えば、遠くまで来た。

手酌で酒を呑みながら、時吉は感慨にふけった。

故郷に近いところにいるが、足を向けるつもりはなかった。ゆかりの人がいないでもないが、そこはもう帰るべき場所ではない。おのれを育《はぐく》んでくれた懐かしいふるさとだが、良き思い出ばかりではなかった。もう二度と訪れることはないだろう。帰るべきところは、江戸だ。

横山町ののどか屋だ。

ちょうど雨が降ってきた。

旅籠の屋根を打つわびしい雨音を聴きながら、時吉はいくらかほろ苦い酒を呑んだ。

その後は東海道を順調に進んだ。

この按配なら年が明けるまでにどうにか江戸へ戻れそうだったのだが、折あしく大雨の日があった。

案の定、大井川《おおいがわ》は川止めになっていた。水かさが減って渡れるようになるまで、金谷《かなや》宿で待つしかなかった。

時吉と相部屋になったのは、伊勢参りを終えた江戸の者たちだった。

聞けば漆塗りの職人衆で、講《こう》を組んで金を貯めて、宿願を果たしてきた帰りだということだった。おかげ参りの帰りとあって、足止めを食っているというのに、その表情は晴れやかだった。

「またいつか行って伊勢うどんを食いてえな」

「お参りじゃなくて食い気のほうかよ」

「悪かったな。でもよ、江戸じゃ食えねえからよ」

職人衆がそんな話をしていたので、時吉が割って入った。

「その伊勢うどんというのは、普通のうどんとは違うんですか？」

「おう。だいぶやわらけえんだがよ」

「つゆが黒くてよ」

「たまりを使ってるそうだ」

「ほう、たまりを。ほかに何が入ってるんでしょう」

時吉は身を乗り出した。

「だしとかが入《へえ》ってるんじゃねえか？　見た目より甘かったぜ」

「鰹だしでしょうかねえ」

時吉は首をひねった。

「あんた、料理人かい？」

「はい。横山町でのどか屋という旅籠付きの小料理屋をやらせていただいております」

「あっ、おいら、食ったことがあるぜ、豆腐飯を」

意外なところに客がいた。

「さようですか。それはそれは、ありがたく存じます」

時吉は笑みを浮かべた。

「何だ、知り合いかよ」

「知り合いってわけじゃねえんだが、ふらっと入ったらうまかった」

「なら、今度つれだって行こうぜ」

職人衆はそう言ってくれた。

「お待ちしております。肴もとりどりにご用意しておりますので」

時吉は如才なく言った。

「横山町へ行きゃあ分かるかい？」

職人の一人が問うた。いかにも鍛えこんだほまれの指をしている。

「はい。通りの両国橋に近いほうで、のれんに大きく『の』と書いてありますので」

時吉は手つきをまじえた。

「はは、そりゃ分かりやすいや」

「なら、これも何かの縁だから、近々行くぜ」

かしらとおぼしい男が笑みを浮かべた。

翌日、ようやく水かさが減り、大井川を渡った。

正月までに江戸へ戻ることはできなくなったが、まるでそのわびのように絶景の富士のお山が迎えてくれた。

白く染まった霊峰は神々《こうごう》しいまでに美しかった。その気高いさまを折にふれてながめながら、時吉は旅を続けた。

六

明けて天保《てんぽう》四年（一八三三年）になった。

横山町ののどか屋は、正月からのれんを出していた。

江戸で初詣をという泊まり客が来るから、のんびり正月というわけにもいかない。

正月らしい雑煮や縁起物の昆布巻きや田作りなども出さねばならないから、かえって忙しいくらいだった。

「あら、おめでたく存じます」

のれんをくぐってきた二人の客を見て、おちよが声をかけた。

相も変わらぬ隠居と元締めだ。

「また一つ冥途《めいど》に近づいてしまったよ」

季川が笑って一枚板の席に座る。

口ではそう言うものの、いい肌つやをしている。

「こちらも似たようなもので」

信兵衛も続く。

「今年もどうかよしなに」

おちよが笑みを浮かべた。

「気張っておいしいものをつくりますので」

厨を預かっている助《すけ》っ人《と》の丈吉が言う。

「それはそうと、時さんはまだ戻らないんだねえ」

隠居が言った。

「ええ、そうなんですよ。年が明けるまでには帰ってくるようなことを言ってたんですけど」

おちよが浮かない顔で答えた。

「おとうが帰ってこないと、千ちゃんも元気が出ないね」

元締めも言う。

正月は呼び込みをしなくても先約で埋まってしまったから、いまは大松屋のせがれの升造と遊んでいる。凧揚げをするのだと言っていたが、なにぶんおとうがいないから、何がなしに寂しそうだった。

のどか屋は二幕目に入っていた。

ほどなく、座敷に泊まり客が陣取った。

一組は流山の味醂づくりの主従で、毎年決まって正月に来てくれる。初詣と年始回りを兼ねて江戸を訪れ、のどか屋で機嫌良く呑み食いをして帰っていく上客だ。

もう一組は砂村《すなむら》の農家の夫婦で、力屋にも野菜を届けているらしい。あるじの信五郎から勧められて、これまた初詣を兼ねて江戸へ出てきたという話だった。

おけいにおそめにおこう。

手伝いの女たちもみな元気だ。

のどか、ちの、ゆき、しょう。

猫たちも変わりがない。

常節《とこぶし》の鹿《か》の子《こ》煮に、紅白の蒲鉾。

やわらかく煮た黒豆に寒鮃《かんびらめ》の昆布締め。

肴は次々に出た。

「相変わらず、のどか屋は落ち着くねえ」

味醂づくりのあるじが言う。

「さようでございますね、旦那さま」

番頭がそう答えて酒を注いだ。

そのとき、表で声が響いた。


おとう！


千吉の声だ。

それを聞いて、おちよの表情がぱっと晴れた。

「帰ってきた」

そう言って、小走りに表へ出る。

あとから猫たちもひょこひょことついてきた。

女たちも続く。

「親方様のご帰還だね」

隠居の白い眉がやんわりと下がった。

「これでひと安心だ」

元締めが胸をなでおろすしぐさをした。

おちよはのどか屋の外に出た。

時吉がいた。

ずいぶん案じたが、無事帰ってきたのだ。

「おかあ」

千吉が張りのある声をあげた。

「おとうが帰ってきたよ」

嬉しそうに言う。

時吉が右手を挙げた。

「お帰りなさい」

おちよが言った。

「お帰りなさいまし」

おけいも和す。

「遅くなった」

時吉はそう言って白い歯を見せた。

七

「大井川がなかなか渡れなくてな」

厨で水を呑んでから、時吉が言った。

「越すに越されぬ大井川だからね」

隠居が温顔で言う。

「留守のあいだ、ご苦労様だったね」

時吉は丈吉の労をねぎらった。

「もうしくじりばっかりで。毎日ばたばたしてました」

若い料理人が言った。

「そんなことはないよ。もうどこへ行ってもつとまるさ」

と、隠居。

「めきめき腕が上がったからね」

元締めも和す。

「お客さんとも上手にしゃべってくれたし」

「ほんと、噺家《はなしか》さんみたいで」

おちよとおけいが言った。

「まあとにかく、ほっとしました」

丈吉が大仰《おおぎょう》に肩の力を抜くしぐさをしたから、のどか屋に和気が満ちた。

「なら、忘れないうちに、土産を渡そう」

時吉は荷を二階へ上げる前にいったん解いた。

いきなり出したのは、太秦でもらったべったら漬けだった。

「これは世話になった農家でもらったべったら漬けだ」

「べったら漬け？」

千吉がさっそく身を乗り出してきた。

「そうだ。京の漬物で、甘いぞ。食べるか？」

「うん」

江戸のわらべにとっては初めて食す味だ。

「どうだ？」

時吉が問う。

「……おいしい！」

千吉は気に入ったようで、続けてぽりぽり食べだした。

「おまえには、ちゃんとした土産があるからな」

時吉はそう言って、手ぬぐいにくるんだものを取り出した。

「開けてみな」

「うん」

「何が出るかね」

「楽しみだね、千坊」

味醂づくりの主従が声をかける。

「あっ、刀」

千吉が声をあげた。

「刀とは違うぞ。小刀だ。これで細工仕事の稽古をしろ」

時吉は言った。

「おかあ、もらったよ」

千吉が笑顔で告げる。

「良かったわね。おかあも教えたげるから」

おちよも笑みを浮かべた。

「それから、京らしいものをみなに買ってきた。いま一つ良し悪しが分からなかったんだが」

そう断ってから、時吉は匂い袋を出した。

「四つ買ってきたから、好きなものを選んでくれ」

と、のどか屋の女たちに言う。

「わあ、きれい」

「いい香りがします」

おそめとおこうが瞳を輝かせた。

「でも、選ぶのはおかみさんから」

おけいが手で示した。

「そう？　じゃあお先に」

おちよが選んだのは藤色で銀の縫い取りがある匂い袋だった。

女たちが次々に選ぶ。

のどか屋にかすかにいい香りが漂った。

「これは猫じゃらしじゃないからね」

興味深げに見ていた黒猫のしょうに、おそめが言った。

「おまえらにも土産があるぞ」

時吉が言った。

「猫にも買ってきたの？」

少しあきれたようにおちよが言った。

「ただいるだけでも、働き手みたいなものだからな」

時吉はそう言うと、荷からある物を取り出し、水を汲んで土間の隅に置いた。

それは、京焼の皿だった。

「猫の水呑み皿にはいささか派手だが」

「呑むかしら」

おちよが首をかしげたが、ほどなくのどかがのっそりと近寄ってきた。

しばらく皿の臭いをかいでから、ぴちゃぴちゃと舌を出して水を呑みだす。

さすがの貫禄だ。

「えらいぞ」

時吉は守り神の首筋をなでてやった。

こうして、あるものを除いて、土産の披露が終わった。

時吉は心安んじて荷を二階に運んだ。

八

流山の味醂づくりの主従は、ほどなく腰を上げた。これから繁華な両国橋の西詰へ散歩に出るらしい。

砂村の夫婦は腰を落ち着け、煮奴鍋を頼んだ。冷える時分にはこれがいちばんだ。

「ところで、京造さんの宮戸屋はどうなったんだい？」

だれもが気になっていたことを、隠居がまず切り出した。

「京造さんと若おかみのおさちちゃんには、見世を持ってもらいました」

時吉はそう告げた。

「お見世を？」

おちよの顔に驚きの色が浮かんだ。

「そうだ。うちと同じのどか屋という名前になった。京にもう一軒、のどか屋ができたんだ」

「まあ、それは」

「いったいどういう成り行きで？」

おけいが問う。

「じゃあ、宮戸屋はどうなったんだい？」

信兵衛もたずねた。

「そのあたりは長い話になるんですが……」

時吉はそう前置きしてから、順々に事の次第を話していった。

宮戸屋の大おかみと板長からさんざんいけずをされたこと。

初めは我慢していたが、ついには意見するようになったこと。

しかし、相手は心を開かず、料簡違いを改めようとしなかったこと。

「なるほど、それでもはやこれまでと」

隠居がうなずいた。

「向こうから、出て行けと言われましたからね。もはや是非もないことでした」

時吉は述懐した。

「それからどうしたの、おとう」

厨の隅でさっそく小刀を使いだした千吉が、手を止めてたずねた。

「若おかみの里の太秦へ身を寄せることにしたんだ」

「べったら漬けのとこ？」

「そうだ。みんな良くしてくれた」

時吉の言葉に、おちよが一つうなずいた。

「それから、五条にもと鰻屋のいいところが見つかったから、新たに二人で見世を出すことになった。良松という若い見習いの料理人もいるから、三人だな」

時吉は指を三本立てた。

「それが京ののどか屋というわけだね」

隠居が言う。

「そうです。ここと同じ檜の一枚板を入れて、『の』と書いたのれんを出しました」

「そりゃあ、ふしぎな成り行きだったね」

元締めが感に堪えたように言った。

「京ののどか屋さんでも、こんなおいしいものが出てるんでしょうか」

砂村の客が木の匙で味のしみた豆腐をすくってみせた。

「ええ。豆腐飯も出してますし、濃口醬油や味醂も使ってますから煮奴も」

時吉が笑顔で伝えたとき、のれんが開いてまた客が入ってきた。

「おお、信五郎さん」

座敷の客が真っ先に手を挙げた。

のどか屋に入ってきたのは、力屋の信五郎と娘のおしのだった。

九

「来て良かったですよ。どの料理もうまいので」

信五郎の勧めで砂村から来た義助《ぎすけ》が笑みを浮かべた。

「ほんに、優しい味つけで、人参もいい具合に煮えてました」

その女房が和す。

「そうでしょう」

わが意を得たりとばかりにうなずくと、力屋のあるじは厨のほうを見た。

「義助さんとこの畑は土がいいので、人参も葱も甘みがあっておいしいんです」

信五郎の言葉を聞いて、時吉ははたと思い当たった。

「ああ、それなら……ちょっとお待ちを」

時吉は急いで厨の奥に向かった。

「ゆきちゃんは、いつまでも子猫みたいね。ほらほら」

おしのが赤い紐でつくった猫じゃらしを振ってやった。

「でも、子猫のころに比べたら、ずいぶんおなかが出てきて。それさえなけりゃ小町娘なのに」

おちよが苦笑いを浮かべた。

「じゃあ、またぶるぶる踊りを」

おしのが猫じゃらしを置き、ゆきの両の前足を持って、腹の肉をゆすりだした。

「ほら、ぶるぶるぶる、ぶるぶるぶるぶる……」

おしのが猫を左右に揺すると、ゆきのたぷたぷしたおなかの肉もぶるぶる揺れた。

「きょとんとしてる。かわいい」

おそめが目を細くした。

「はい、ご苦労様」

娘が猫を放した。

目の青い縞のある白猫が「何するにゃ」とばかりに身をぺろぺろとなめはじめる。

ひと幕が終わったところで、時吉が最後の京土産を取り出した。

「これは京の太秦で分けてもらってきた野菜の種なんです」

小分けにして袋に入れ、名を記したものを見せる。

「ほう、京野菜ですか」

義助が身を乗り出してきた。

「ええ。金時人参に青大根に九条葱です。くわしい育て方も聞いてきたので、暇があればどこぞに畑を借りてわが手で育てたいところなのですが、そこまではなかなか手が回りません。どなたか良い人に渡して、代わりに育てていただけないかと思っていたところ……」

「そりゃあ、渡りに船だね」

隠居が声をあげた。

「すると、わたしに？」

砂村の義助がおのれの胸に手をやった。

「ええ、できれば」

時吉は言った。

「そりゃ按配が良かったね」

力屋のあるじが手を打ち合わせた。

「義助さんの畑の土なら、きっと育ちますよ」

信五郎は太鼓判を捺した。

「まあしかし、京のものだからねえ。ほんとに育てられるかどうか」

義助は腕組みをした。

「育てばもうけもの、駄目でもともとだよ」

隠居が笑みを浮かべた。

「そうです。もし育たなくても、どうのこうの言ったりはしませんので」

時吉も言う。

「やってみようよ、あんた。もし育ったら、江戸の人も喜ぶよ」

女房に背を押された義助は、やっと腹をくくったようだった。

「分かりました。やりましょう。育て方の勘どころを教えてくださいまし」

砂村の農夫は引き締まった表情で言った。

それから小半刻ほど、時吉は太秦の安蔵と二人の息子から教わったことをすべて事細かに告げた。折にふれて問いを発しながら、義助はまじめな顔つきで聞いていた。

こうして、時吉の京土産はその日のうちにすべて人の手に渡った。

十

「なら、明日、大師匠に告げてきますんで」

飄々とした顔つきで、丈吉が言った。

仕込みも終え、これから信兵衛が持っている長屋へ帰るところだ。

「ああ、よしなに。おかげで助かった」

時吉は重ねて礼を言った。

「ほんに、丈吉さんがいなかったら、忙しくて倒れてたかも」

おちよも言う。

「いや、こちらこそ、何物にも代えがたい勉強をさせていただきました」

噺家みたいだとよく言われる若い料理人は、珍しく神妙な顔つきで告げた。

「どこかいいつとめ先が見つかるといいな」

「へい」

「そのあたりは、おとっつぁんは律儀《りちぎ》だから。それに、見世を探して出してもやっていけますよ、丈吉さんなら」

と、おちよ。

「いやいや、そりゃまだ荷が重いので」

丈吉はあわてて手を振った。

「もしどこぞにつとめが決まったら、うちで盛大に祝いの宴をやろう」

時吉が案を出した。

「ああ、それはいいわね」

おちよが笑みを浮かべた。

「その節はどうぞよしなに」

丈吉は如才なく言った。


若い料理人がのどか屋から去ると、見世には夫婦だけになった。

もう夜の闇は濃くなっている。千吉はさきほど二階へ上がった。

「なんだか腹が減ってきたな」

時吉が胃の腑に手をやった。

「朝は早かったの?」

おちよが問う。

「ああ、七つ（午前四時）発ちだったから。茶漬けでも食うか」

時吉は厨に入った。

「だったら、わたしにもちょっと。べったら漬けのお茶漬けを食べてみたいから」

おちよが言った。

「べったら漬けの上から茶をかけたら風味が飛ぶから、あとでのせるといい」

「分かった。そうする」

「なら、おれは……沢庵にするかな」

そんな按配で、ほどなく茶漬けが二杯できた。

「お待ち」

時吉が一枚板の席におちよの茶漬けを出した。

おのれの分はわが手で運び、並んで食す。

「こりこりしてておいしいわ」

べったら漬けを口に運んだおちよが言った。

「うかうかしてたら、千吉にみんな食べられてしまうからな」

「そうなの。喜んでぽりぽり食べてたから」

「……ああ、うまい」

時吉は茶漬けに添えた沢庵を食してから言った。

「沢庵ってこんなにうまかったかな」

驚いたような顔で言う。

「道中の旅籠の食事でも出たでしょう？」

ややいぶかしそうにおちよが問うた。

「ああ、出たけれども、江戸の沢庵はひと味違う」

時吉は答えた。

「江戸と言うより、のどか屋の沢庵ね」

おちよが笑みを浮かべた。

「……そうだな」

時吉はうなずいた。

そして、しみじみとこう言い添えた。

「のどか屋の味がいちばんだ」

第十章　黄金扇《こがねおうぎ》と鮟鱇《あんこう》鍋

一

「何にせよ、ご苦労だったな」

一枚板の席に陣取った長吉が言った。

翌日ののどか屋は二幕目に入っていた。

朝は豆腐飯、昼は焼き飯。

時吉は久々に勝手知ったる厨で腕を振るった。

「おう、帰《けえ》ってきたのかい」

「これでひと安心だな、おかみ」

「ほうぼうに触れ回らねえとな」

「今年もうめえもんを食わしてくれな」

常連客は口々にそう言ってくれた。

「宮戸屋を立て直せなかったのは心残りですが」

いくらかあいまいな顔つきで、時吉は師匠に答えた。

「意見はしてやったんだろう？」

長吉が問う。

「ええ。何度も言いました。声を荒らげたこともあります」

「それでも聞かなかったか」

「京の格式の高い料理屋の大おかみや板長から見れば、わたしなどは坂東《ばんどう》の田舎の料理人です。よそさんの言うことになど聞く耳は持ってくれません」

時吉は軽く首を振った。

「皿が上から出てるっていう料簡違いを悔い改めることはなかったわけだ」

長吉はそう言って、百合根《ゆりね》の梅肉和《あ》えに箸を伸ばした。

たたいた梅肉を味醂で伸ばした地で和えた小鉢で、百合根のほろ苦さが酒に合う。

「行き先が京じゃなくて良かったです」

長吉と一緒にやってきた丈吉が言った。

「おう。いけずな大おかみもいねえしな」

長吉が言う。

「すると、どこぞへ行かれるんですか、丈吉さん」

それと察して、おちよが言った。

「ちょうど頼まれてたつとめがあってな。筋のいい若え料理人を一人、世話してほしいと」

長吉が明かす。

「ほう、それで丈吉に白羽の矢が」

「良かったじゃない、丈吉さん」

のどか屋の夫婦の声が弾んだ。

「おめでとう」

土産の小刀で人参の花を刻んでいた千吉が笑顔で言った。

「ありがとよ、二代目」

丈吉も笑みを浮かべる。

「どこのお見世なんです？」

座敷の片づけ物をしていたおけいがたずねた。

いまし方まで砂村の夫婦がいた。ありがたいことに、いったん浅草にお参りしてから、また昼を食べにのどか屋に戻ってくれたのだ。

「深川《ふかがわ》の八幡《はちまん》様の門前で」

丈吉が答えた。

「それは京よりずっと近いわね」

おちよの目尻にしわが寄る。

「味善《あじぜん》っていう見世でな」

長吉は弟子が注いだ酒を呑み干してから続けた。

「おやっさんが知り合いだった。で、跡取り息子の二代目がいて、そのうち見世を譲ることにしてたんだ。おやっさんは中風《ちゅうぶ》を起こして、昔みてえな包丁さばきができなくなっちまったもんでな。ところが……」

息を一つ入れてから、古参の料理人は続けた。

「頼りにしてた跡取り息子が、去年、風邪《かぜ》をこじらせて死んじまったんだ。かわいそうなこった」

「まあ、それは……」

おちよの表情が曇る。

「ずいぶんと気落ちされたでしょうね」

と、時吉。

「そりゃあ、頼みの跡取り息子だったからな。気落ちしたあまり、このまま料理屋をたたんじまおうかとも思ったそうだ」

「そこを、気を取り直して、跡継ぎを探そうと」

おちよが言った。

「そのとおりだ。味善の客筋は良くてな、惜しいから続けてくれと、いくたりもの常連から言われたそうだ。ま、そんなわけで、向こうさんが気に入ったら、丈吉を養子にと思ってる」

長吉は弟子を指さした。

「これから深川へ行くので、心《しん》の臓《ぞう》がどきどきしてまさ」

丈吉は胸に手をやった。

「気張ってね」

千吉が手を止めて励ます。

「おう、二代目の顔を見たら百人力だ」

仲良しになった若者が答えた。

「ちょうど鰤《ぶり》大根が上がったんですが、召し上がっていきますか」

時吉が声をかけた。

「そりゃ、食わずに出たら後生《ごしょう》が悪い」

長吉が笑う。

「おいらも精をつけていかないと」

丈吉も手を挙げた。

ほどなく、いい按配に味のしみた鰤大根が出た。

「いい味だ」

師匠のお墨付きが出た。

「気をもらいました」

丈吉も和す。

「なら、食ったら行くぞ」

「へい、承知」

若い料理人は、気の入《はい》った声で答えた。

二

長吉と丈吉が一枚板の席から立ち上がったとき、やにわににぎやかな声が響いた。

「おっ、いたいた」

入ってきたのは、岩本町の名物男の寅次だった。

「そりゃいますよ。嘘を教えるはずがねえんだから」

一緒に来たのは、例によって野菜の棒手振りの富八だ。

「だれかに聞いたんですか？」

おちよがたずねた。

「湯屋の客が教えてくれてよ。朝の豆腐飯を食いに行ったらあるじが戻ってたって。もう江戸じゅうに知れ渡ってら」

湯屋のあるじは大仰な身ぶりをまじえた。

「お、これからどっかへ行くのかい」

富八が丈吉に問うた。

「へえ、大事な舞台に立つようなもんで」

丈吉はそう言うと、また息をついた。

「深川の料理屋さんの跡取りにどうかっていう話がありましてね」

おちよが伝える。

「ここんとこおんなじで、跡取り息子がいたんだがよ、急な病で死んじまったもんで、養子に入《へえ》らねえかっていう話が出たんだ」

長吉が言った。

「そんな、おとっつぁん、験《げん》が悪い」

おちよが顔をしかめて千吉をちらりと見た。

「千吉は平気さ。なあ」

と、孫を見る。

「うん。でも……」

千吉は少しあいまいな顔つきになった。

「でも、どうした？」

時吉が先をうながす。

「千ちゃんも、修業に行かなくていいの？」

わらべなりに思案してそんなことを口走ったから、のどか屋に和気が満ちた。

「もうちょっと大きくなったら、じいじのとこへ来い。それまでは、おとうにいろいろ教えてもらえ」

長吉は言った。

「そりゃ、おとっつぁんのとこだと安心だけど……」

おちよが時吉の顔を見た。

「もっと厳しくして、だれも知り合いのいない見世にやるとか、そういう手もあるな。いっそのこと、京ののどか屋とか」

時吉は戯れ言とも本気ともつかないことを口走った。

「京ののどか屋？　何でえ、そりゃ」

寅次が問う。

「ま、そのあたりはここでゆっくり聞いとくれ」

長吉は一枚板をぽんとたたいた。

そんな調子で、みなに見送られて丈吉は大師匠とともに出て行った。

寅次と富八が一枚板の席に座る。空いていた座敷には泊まり客が上がった。越中《えっちゅう》富山《とやま》の置き薬売り衆だ。のどか屋を定宿にしてくれているから、人は変われど折にふれて薬箱を背負ってのれんをくぐってくれる。

「なるほど、京にものどか屋がねえ」

話を聞き終えた寅次が、呑みこんだ顔で言った。

「なら、京仕込みの料理を何か。京には変わった野菜があると聞いてるんで」

富八が注文を出した。

「野菜は種をいただいてきて、砂村から来たお客さんに渡したばかりでして」

時吉が少し苦笑いを浮かべた。

「金時人参や九条葱が育つまでには、まだだいぶ時がかかると思います」

おちよも言う。

「そりゃ待てねえな」

寅次が笑った。

「代わりに、ちょっとだけ京風の炊き合わせを」

時吉がそう言って、次の肴を出そうとした。

厚揚げと小芋と椎茸の炊き合わせだ。

京なら、炊いたんと言う。

「盛り付け、やるよ」

千吉が手を挙げた。

「いいぞ。きれいに盛り付けてみな」

文句を言うような客はいないから、任せることにした。

そのかたわら、京仕込みと呼べば呼べそうな肴の下ごしらえにかかる。

「二代目の腕前、拝見だっちゃ」

「頼もしいの」

煮奴を肴に呑みはじめていた座敷の薬売り衆が言う。

「できた」

ややあって、千吉が言った。

わらべなりに思案して盛り付けたようだが、やはり粗《あら》がある。

「椎茸は、こうやって笠を立てかけるようにしたらおいしく見えるぞ。あとはだいたいこれでいい」

宮戸屋の大おかみと板長だったらどれほど文句を言うだろうかと思いながら、時吉は直してやった。

「ああ、おいしそうになった」

千吉は素直だ。

「なら、お出ししな」

時吉が手でうながす。

「お待ち」

千吉は一枚板の席に出した。

「お、下から手が出てるな」

「さすがは二代目だ」

寅次と富八がほめると、千吉は心底嬉しそうに笑った。

ややあって、京仕込みの肴ができた。

「わあ、きれい」

おちよも嘆声をあげたのは、烏賊《いか》の黄金扇だった。

烏賊の切り身には鹿の子《かのこ》模様の切り込みを入れる。これに金串を打ち、いくたびも玉子の黄身を塗りながら按配良く焼くと、目の覚めるような黄金色の扇ができあがる。

宮戸屋の婚礼料理でもつくらされた料理だった。

「まあ、ぶさいくな扇どすな。そんな扇持ったら、坂東の百姓踊りしかでけしまへんで」

大おかみは顔をしかめてそう言ったものだ。

あのときのしくじりをしないように、気をつけて黄身を塗ったから、今度は見事な仕上がりになった。

「うちらしくない料理ですが、正月の縁起物ということで」

時吉はそう断って皿を出した。

「ひとさし舞ってくれや、おかみ」

座敷から声が飛ぶ。

「お待ちどおう……」

黄金扇を盛った皿を少し揺らして、おちよが踊るしぐさをしたから、のどか屋に笑いがわいた。

ただし、猫たちはきょとんとしていた。「何やってるのかにゃ、飼い主は」という顔で見ている。

「縁起物ですので」

素《す》に戻っておちよが皿を置く。

「こりゃあ春から」

「縁起がいいっちゃ」

薬売り衆はさっそく箸を伸ばした。

「お待ち」

一枚板の席にも黄金扇が出た。

「一つ拝んでから食うか」

寅次が言う。

「銭が貯まりますように」

富八が両手を合わせた。

「京仕込みの名物ができそうね」

おちよが小声で言った。

「ああ、まあ……」

時吉はあいまいな返事をした。

この料理をつくるたびに、宮戸屋の大おかみの顔を思い出してしまうような気がしたからだ。

三

正月の淑気《しゆくき》はまだそこはかとなく残っていたが、早いものでもう七草《ななくさ》になった。

のどか屋の厨は七草粥《がゆ》の支度に追われていた。

「この按配だと、もうすぐ年越し蕎麦ですな、ご隠居」

一枚板の席に陣取った元締めの信兵衛が言った。

「はは、冥途へ少しずつ近づくわけだよ」

季川がそう言って、七草粥を口に運んだ。

年に一度の、胃の腑にも心にもやさしい味だ。

のどか屋は二幕目に入っていた。手習いに出ていた千吉も戻っている。

三日前に降った雪がまだ残っているから、客引きは女たちに任せた。左足がおおむねまっすぐになったとはいえ、まだほかの子よりは歩みにぎこちないところがある。転んでけがをさせては大変だから、雪の日などは外に出さないようにしていた。

そんなのどか屋ののれんを、背に荷を負うた若者がくぐってきた。

「あっ、丈吉兄ちゃん」

千吉が華やいだ声をあげた。

「おう、元気そうだね、二代目」

丈吉が笑顔で答える。

「おまえさんだって、二代目になるそうじゃないか」

隠居が振り向いて言った。

「はい、これから深川の味善へ行くところで」

丈吉は荷を指さした。

「良かったね」

信兵衛が声をかける。

「ありがたく存じます」

丈吉は引き締まった表情で言った。

「これからすぐ行くの？　まだ時があるのなら何か召し上がっていって」

おちよがすすめた。

「なら……」

丈吉は厨のほうを見た。

「何でもつくるぞ」

時吉は白い歯を見せた。

「では、七草だからお粥……といきたいとこですが」

落語のまくらのように前置きすると、丈吉はこう申し出た。

「最後に、師匠の焼き飯を頂戴したいと」

「焼き飯かい？」

時吉が意外そうに問う。

「はい。まかないの焼き飯の味が心にしみたもので、これからも修業の時を忘れないように、最後にいただきたいと存じます」

丈吉はまじめな顔つきで言った。

「いい心がけだね」

隠居がうなずく。

「分かるわ」

おちよが感慨深げに言った。

「のどか屋がまだ旅籠付きじゃなかったころ、千吉もまだ生まれていなかったむかし、のれんをしまったあと、その日のありものでうちの人がまかないの焼き飯をつくってくれてたの」

おちよはいくらか遠い目つきになった。

「ああ、そうだったな」

支度をしながら、時吉が言った。

「千ちゃんの生まれる前？」

千吉が問う。

「そうよ。おとうのつくる焼き飯を食べてたの」

座敷の花を直していたおちよがそう答えたとき、のどかがひょいとそのひざに飛び乗った。

「おまえはいたわね」

おちよは守り神の頭をなでてやった。

茶白の縞のある猫は、すぐさま気持ち良さそうにのどを鳴らしはじめた。

「長生きするんだよ」

猫に語りかける。

「そのうち尻尾の先が二股に分かれて、わたしみたいなえたいの知れない年寄りに化けるかもしれないよ」

「はは、ご隠居は猫又《ねこまた》だったんですか」

元締めがそう言って笑ったから、のどか屋に和気が満ちた。

ほどなく、胡麻油のいい香りがぷうんと漂ってきた。

ありものでつくる焼き飯だ。玉子と刻み葱のほかは何でも入る。ほぐした干物に、蒲鉾に沢庵、ほどよく切った芹《せり》もふんだんに入れた。白胡麻を振り、醤油を回し入れる。醤油が焦げるえも言われぬ香りがふわりと漂った。

「お客さんになるのも最後だから」

おちよは丈吉の荷を下ろし、座敷の隅に置いた。

「はい、できたよ」

時吉が言う。

「ちょっとちょうだい」

横合いから千吉が手を伸ばした。

「ちょっとだけだぞ」

時吉は小皿に盛り、残りを手際よく盛り付けた。

「お待ちどおさまです」

おちよが運んでいく。

「ありがたく存じます」

両手でうやうやしく受け取ると、丈吉は木の匙を動かしはじめた。

ほっ、と一つ息をつく。

「芹の入る焼き飯は初めてつくった。芹にはあまり火を通さないようにしたけどな」

厨から時吉が言った。

「……うまいです」

丈吉は感に堪えたように言った。

「この味を、忘れないようにします」

しみじみと言うと、丈吉はまた匙を動かした。

「おいしかった」

小皿の千吉が先に食べ終えた。

「うまいな、二代目」

と、丈吉。

「うん。こんな焼き飯、千ちゃんもつくるよ」

「おう、二代目同士、競い合ってやっていこうぜ」

丈吉は笑顔で言うと、残りの焼き飯を平らげていった。

四

翌日はいい天気になった。

雪もようやく溶けたので、千吉も女たちとともに呼び込みに出た。

つれて帰ってきたのは、見憶えのある顔だった。

「おっ、ここかい」

「いい見世じゃねえか」

顔をほころばせたのは、金谷で相部屋になった漆塗りの職人衆だった。

「ああ、これはようこそのお越しで」

時吉が笑顔で迎えた。

「お知り合いだったんですか？」

千吉と一緒に呼び込みに出ていたおそめが言った。

「金谷で川止めを食ってたときにご一緒だったんだ」

時吉が答えた。

「おう、『お泊まりはのどか屋へ』とかわいい声で言ってたからよ」

「泊まりじゃなくて悪いんだが」

「今日はわりかた暇があるから、皆で呑もうかって話になってよ」

職人衆がにぎやかに言う。

「さようですか。では、お座敷にどうぞ」

おちよが身ぶりで示した。

「いい日においでくださいましたね。常陸《ひたち》の鮟鱇をさばいたばかりですので」

時吉が伝える。

「おう、そりゃいいや」

「鍋にできるかい？」

かしらとおぼしい男が問うた。

「もちろんです。あん肝の肴などもおつくりしますので」

時吉は包丁を軽くかざした。

「そりゃ楽しみだ」

「来た甲斐があったぜ」

「みなさん、熱燗でよろしゅうございますか」

おちよがたずねた。

「いや、おいらは冷やでくれ」

「こいつ、猫舌なんで」

「おいらは熱い茶で」

「下戸《げこ》もおります」

職人衆はにぎやかだ。

「そうそう、忘れるとこだった」

かしらが小ぶりの風呂敷包みを解いた。

「呼び込みがなくたって、今日はのどか屋へ行くつもりだったんだ。こりゃあしくじり物で悪いが、よかったら使ってくんな」

中から現れたのは、大小の漆塗りの木皿だった。

「まあ、こんないい品を」

おちよが目を丸くした。

「ありがたく存じます。お気遣いいただいて」

鮟鱇鍋の支度をしながら、時吉が礼を述べた。

「なに、塗り重ねにしくじって、むらができちまってよ」

「こう見えても、大名家などにも品をお納めしてるんで」

「下手《へた》なものを持ってったら、無礼打ちにされちまわ」

「お侍《さむれ》えってのは気が短えからよ」

のどか屋のあるじも元武士だということを知らずに、職人衆は言った。

「これこれ、おまえらのえさ皿じゃないからね」

ちのとゆき、仲のいい二匹の猫が座敷に上がってきて、木皿のにおいをくんくんかぎはじめた。

「はいはい、おしまい」

おちよは猫たちを制し、木皿を厨のほうへ運んだ。

「ちょっと見せて、おかあ」

一枚板の席から、千吉が手を伸ばした。

「ほら、きれいなお皿」

「お菓子をのせるとおいしそう」

わらべは瞳を輝かせた。

ほどなく、座敷に酒と茶と皮切りの料理が行き渡った。

大皿に盛り付けられているのは、寒鰈《かんがれい》の野菜巻きだった。

薄切りにした鰈の身でとりどりの野菜を巻き、土佐醤油につけて食べる小粋な料理だ。

細切りにした胡瓜《きゅうり》、貝割菜に芽葱。それぞれに食べ味が違う。

「こりゃいけるな」

「巻いて食うのは寿司だけかと思ってたぜ」

「技を使うじゃねえか」

漆塗りの職人衆の評判は上々だった。

そうこうしているうちに、鮟鱇鍋が頃合いになった。

「お待たせしました」

旅籠のほうから戻ってきたおけいが運ぶ。

「おお、来た来た」

「取り合いをすんなよ」

「不平が出ねえように、初めから取り分けようぜ」

「そう言いながら、肝を取ろうっていう腹だろう」

「鮟鱇は肝のほかもうめえからよ」

「やっぱりそうじゃねえか」

そんな按配で、わいわい言いながら鍋をつつく。

「おなかすいた」

千吉が顔を上げて言った。

今日は隠居も元締めも姿を見せず、一枚板の席が空いているのをいいことに、殊勝にも手習いの稽古をしていた。

初めのうちは「吉」の口がむやみに大きくて思わず吹き出すほどだったが、稽古をすれば上達するもので、ときには感心するほどの字が書けるようになった。

「なら、あん巻きをつくってやろう」

「わあい」

千吉の表情が崩れた。

「坊には鮟鱇よりあんこだからな」

「そりゃそうだ。こんなうめえもんをわらべに食わせられるかよ」

職人衆は上機嫌だ。

「おお、身がうめえ」

「おいらは鰭《ひれ》がいいな」

「鮟鱇は皮だってうめえぞ」

座敷はさらににぎやかになった。

「では、肴にこれも」

時吉がそう言って出したのは、あん肝の生姜煮《しょうがに》だった。

あん肝を皮付きのままぶつ切りにし、生姜をたっぷり入れて煮ると、こたえられない酒の肴になる。

「金谷で川止めになって良かったぜ」

「旅の縁がなきゃ、一生こんなうめえもんを食えなかったところだからなあ」

かしらが少ししみじみと言った。

「朝と昼の膳もございますので」

おちよが如才なく言った。

「名物の豆腐飯を召し上がってくださいまし」

おけいも和す。

「あきないがうめえぜ」

「馬鹿高い値を取られるんじゃねえだろうな」

「うちは旅籠もありますので、なるたけ安くさせていただいております」

おちよがすかさず言った。

「うちは、まっすぐなあきないだよ」

あん巻きを待っていた千吉が、いくらか不平そうに言った。

「そりゃ悪かった」

「勘弁してくんな」

「しっかりした跡継ぎで良かったな」

職人衆のかしらが笑みを浮かべたとき、あん巻きができた。

「はいよ」

時吉が渡す。

待ちかねたように受け取ると、千吉はできたてほかほかのあん巻きにふうっと息を吹きかけた。

五

次の日の昼には、蛤《はまぐり》の炊き込みご飯を出した。

米だけでなく麦をまぜると、ことに風味が増す。仕上げの醤油が決め手の、素朴だが深い料理だ。

「今日は蛤攻めかい？」

一枚板の席から隠居が問うた。

「いい蛤がたくさん入りましたもので」

時吉が答える。

「蛤吸いや焼き蛤は、ときどき無性に食べたくなるからね」

元締めが言った。

「もちろん、おつくりしますよ」

時吉が請け合ったとき、裏手からほがらかな笑い声が響いてきた。

おそめの声だ。

今日はつれあいの多助《たすけ》が来ている。小間物屋の美濃屋《みのや》の手代で、のどか屋にも紅葉袋（ぬか袋）や櫛などのこまごまとした品を納めてくれていた。

「仲のいいのは良いことだね」

隠居が目を細くした。

「まだややこはできないのかな」

元締めがいくらか声を落とした。

「あんまり仲がいいとできないというからね」

と、隠居。

「うちもなかなかできませんでしたから」

おちよが言った。

「はは、そうだったね」

「それが、いつのまにか大きくなりまして」

手を動かしながら時吉が言った。

立ち話が終わったらしく、ほどなく多助が姿を現した。

「では、今日はこれで」

明るい顔で言う。

「はい、ご苦労さま」

「またよしなに」

のどか屋の二人の声がそろった。

「まだまだつとめかい？」

信兵衛が声をかけた。

「ええ。今日は大門《だいもん》のほうまで用がございまして」

風呂敷包みを背負った若者が答えた。

「そりゃ大変だ」

「気をつけて」

「はい、ありがたく存じます。では」

美濃屋の手代は小気味よく頭を下げて出ていった。

表の通りでだれかに会ったらしく、多助があいさつをする声が響いてきた。ただし、それがだれかは分からない。

「どなたかしら」

おちよが小首をかしげた。

答えはまもなく分かった。

のどか屋ののれんをくぐってきたのは、安東満三郎と万年平之助だった。


「うん、甘え」

座敷に座ったあんみつ隠密の口から、お得意のせりふが飛び出した。

千吉も呼び込みから戻ってきたので、いまあん巻きをつくって出したところだ。

「うん、うめえ」

万年同心は焼き蛤だ。

仕上げにほんの少し醤油を振ってやるのが勘どころだ。多すぎても少なすぎてもいけない。

あんみつ隠密のつとめがひと区切りついたらしく、今日は腰を据えて呑む構えになっていた。

「やっぱり江戸の料理はうめえな」

あんみつ隠密が言った。

「料理って、あん巻きですぜ、旦那」

「料理には違えねえ」

「まあ、そりゃそうですが」

味にうるさい幽霊同心はあいまいな顔つきになった。

「おう、冷えるから湯に入《へえ》りてえな」

安東満三郎が謎をかけるように言った。

「湯に入ってるものですね、承知しました」

「それから、あるじ」

「はい」

「あるじのおかげで、大きなつとめを首尾良く終えられた。礼を言うぜ」

「わたしのおかげ、でございますか？」

時吉はいぶかしげな顔つきになった。

「そのとおり。ま、そのあたりは、あとで手が空いたら座敷に来てくんな。じっくり聞かせてやるから」

あんみつ隠密は気を持たせるように言った。

「承知しました。では、まずは料理を」

時吉はそう言って包丁を握った。

一枚板の席には蛤吸いを出した。

　蛤吸いや椀の中から春来《きた》る

季川が呑むなり発句を口走った。

「さあ、付けておくれ、おちよさん」

例によって、弟子のおちよに振った。

「えー、どうしよう……」

おちよは困った顔になったが、ほどなくこう付けた。

　京より戻る人のたよりも

「なるほど。西のほうから春をつれてくるわけだね」

隠居が満足げに言った。

「お粗末さまでございます」

「いやいや、いい付け句をいただいたよ」

隠居が温顔をほころばせた。

「千ちゃん、あそぼ」

大松屋の升造がふらりと入ってきた。

「あら、いらっしゃい。……行っといで、千吉」

「うん」

千吉は朋輩とともに元気良く出て行った。

ほどなく、「湯に入ってるやつ」ができた。

何のことはない、湯豆腐だ。

煮奴を頼む客のほうが多いのだが、あんみつ隠密は決まって湯豆腐だ。

それにはわけがあった。甘辛い汁で煮る煮奴はいま一つ口に合わないが、湯豆腐はつける味噌だれをうんと甘くしておけばいい。

甘い江戸味噌を味醂でのばし、さらに砂糖をかけたたれだから、味見をした万年同心がうへえと顔をしかめたほどだった。

「豆腐のつけだれは、やっぱりぴりっと辛くねえと」

同心はそう言って、湯気を立てている豆腐を口に運んだ。

こちらは仙台味噌にすり胡麻と七味唐辛子を練りこんである。大人の味だ。

湯豆腐のほかには、胡桃《くるみ》の飴だきを出した。

皮をむいた胡桃をころがしながら、じっくりと醬油と砂糖で煮た肴だ。むろん、あんみつ隠密には砂糖をさらにまぶして出した。

こうして、ひと区切りついた。

「お待たせいたしました」

時吉は手を拭きながら座敷に向かった。

「おう。なら、捕り物の話だ」

あんみつ隠密は座り直した。

六

「えっ、すると、あのお客さんらが悪いやつだったと」

時吉の顔に驚きの色が浮かんだ。

「そのとおり。ま、宮戸屋は左前で銭がなかったから引っかからなかったんだがな」

あんみつ隠密が言った。

時吉が宮戸屋の客引きに出たとき、二人の男が客になってくれた。ただし、高い壺を売りつけようとしたからたまらない。ろくな客をつれてこないと、あとで皮肉を言われてしまったものだ。

「すると、それが真っ赤な贋物だったのかい？」

隠居が向き直って問うた。

「そのとおりで。五十両で売りつけようとしやがったようだが、本当は何の値打ちもねえものだったんだ」

「まあ。じゃあ、その人たちが贋物をこしらえて高く売りつけにきたんですね？」

おちよがきっとした顔で言う。

「いや、売りに来たのは下っ端だ。芋蔓みてえにたぐっていったら、ずいぶんと大がかりな組が引きずり出されてきやがった」

「根城はどこにあったんです？」

時吉がたずねた。

「堺《さかい》だ。感心するほどうめえやり方でな」

と、あんみつ隠密。

「と言いますと？」

おちよが先をうながした。

「一味にいたのは、贋物の壺をつくる陶工だけじゃねえ。箱をまことしやかに古そうにつくるやつもいれば、真筆に似せて箱書きをしたためる書家もいやがった」

「へえ、そりゃ大がかりだね」

隠居が言う。

「壺だけじゃねえ。掛け軸なんかもよくできた贋物ばかりでよ」

「それを江戸でも売りさばいてたようで」

万年同心が言う。

「大名屋敷や武家屋敷がだいぶ巻き上げられてたらしい。ま、恥になるから泣き寝入りだろうがよ」

黒四組のかしらが言った。

「なら、旦那のお働きで一網打尽に」

元締めが頼もしそうに言う。

「いや、なかには取り逃がした残党がいるかもしれねえがよ。本丸はつぶしてやったから、もう贋物はつくれめえ。残った壺を売り歩くやつはまだいるかもしれねえが」

「大丈夫かしら、京造さんとこ」

おちよは時吉を見た。

「それなら平気だ。京ののどか屋はうちと同じ造りだ。花を生けてある壺だって、ごく普通のものばかりだから」

「なら、安心ね」

おちよは笑みを浮かべた。

「思わぬ成り行きで、京にものどか屋ができたな」

あんみつ隠密は表情をやわらげた。

「ええ。ちゃんとやってくれてるとは思うんですが」

時吉はそう答えて、「の」と染め抜かれているのれんのほうを見た。

七

「毎度ありがたく存じました」

おさちのいい声が響いた。

「またお待ちしております」

京造も笑顔で言う。

「どの料理もうまかったわ」

「江戸風やと聞いてたんで味つけがきついのかと思たら、どれもやさしゅうて良かったで」

「ほんに、また寄せてもらうわ」

客が口々に言ってくれた。

言葉に表裏があるのが京の人だが、これは本心からの言葉だ。顔つきを見れば分かる。

「ありがたく存じます」

「お気をつけて」

「またどうぞ」

京造とおさち、それに良松は、ていねいに頭を下げて客を見送った。

のれんをしまうと、おさちは、ほっ、と一つ息をついた。

「ありがたいこっちゃな。今日もぎょうさんお客さんが来てくれたわ」

京造が言った。

「ほんまに、ありがたいことで。これなら、なんとかやっていけそうや」

戸締まりをしながら、おさちが言う。

「豆腐飯も焼き飯も評判ですさかい」

良松が笑みを浮かべた。

「こうやって、一日一日の積み重ねだな」

京造はそう言って、さっそく明日の仕込みに取りかかった。

「お客さんに『おいしい』て言うてもろたら、疲れも吹き飛ぶわ」

おさちが軽く肩を回した。

「明日も気張って行きまひょ」

良松がぱんと両手を打ち合わせた。

「へえ」

と、おさち。

「京ののどか屋、ここにあり、や」

京造が気の入《はい》った声を出した。

京ののどか屋は、その後も繁盛した。

数をかぎった昼膳が売れ残ることはめったになかった。二幕目も、一枚板の席と座敷で客の上機嫌な声が聞こえた。

江戸ののどか屋にはない囲炉裏もいたって好評だった。京はことのほか冷える。凍《い》てつくような風が吹く日は、あたたかい食べ物がいちばんだ。

煮ぼうとうに煮奴、水炊きに煮込みうどん。京ののどか屋の鍋物は、客の胃の腑と心にほっこりとした灯りをともした。

一方……。

四条大宮の宮戸屋はひっそりと灯を消した。京造にも知らせずに見世じまいをしたのだ。

それからだいぶ経って、さる料理屋の板場で板長の丑之助を見かけたといううわさが聞こえてきた。大おかみだったおやえも仲居として働いていたらしいが、さだかではない。

京ののどか屋ののれんは、その後も長く続いた。京造とおさちのあいだには子がいくたりも生まれ、客とともににぎやかな日々を過ごした。

五条ののどか屋は、いつの間にかこう呼ばれるようになった。

ほっこり処《どころ》
「のどか屋へ行ったら、ほっこりでけるさかいに」

常連の客たちは、合い言葉のようにそう言った。

太秦のおさちの里では、大家族が畑を守り、金時人参や九条葱などを育てた。畑の恵みを使った煮ぼうとうは「時吉鍋」と呼ばれていた。

「今日は時吉にして」

「時吉、食べたい」

時吉が訪れたあとに生まれたわらべたちが、折にふれてそうせがんだ。

のどか屋を手伝っていた良松は、腕を買われて草津《くさつ》の料理屋の板前になった。それから地道に励んでいたが、のちに里心がついて土山の鮎河《あいが》に帰った。

その後は畑を耕しながら、近在の衆に料理をふるまった。

頭に白いものが目立つようになった良松は、酔えば皆に一つ話のように語った。

若いころ、江戸でいちばんの料理人からじきじきに料理を教わった、と。同じ狭い部屋に寝泊まりして話をした、と。

そう語る良松の目は、まるでわらべのように輝いていたという。

終章　雑煮と田楽《でんがく》飯

一

「千吉さんはよくやっていますよ」

のどか屋の一枚板の席で、つややかな総髪の男が言った。

手習いの師匠の春田東明《はるたとうめい》だ。わらべばかりでなく、有為の若者には諸学を教えている学者は、涼やかながらもあたたかみのあるいい目をしていた。

「さようですか。うちでもときどき稽古をしておりますので」

時吉が厨から答える。

「手習いに加えて料理の修業もありますから、なかなかに大変ですね」

背筋が伸びた男は、そう言って慈姑《くわい》の素揚げを口に運んだ。

薄切りにした慈姑を素揚げにし、塩を振っただけの簡明な肴だが、酒にはよく合う。ただし、呑んでいるのは隣に座った隠居だけで、春田東明は茶だ。今日はこれから弟子に洋書の講義をするらしい。

「そろそろ修業入りの相談も始めているようですよ」

隠居が言った。

「そうですか。お父様だけの教えではなく、よそでも修業をさせると」

東明がうなずく。

「まだちょっと早いので先の話ですが、よその釜の飯を食わせたほうが当人の修業になりますので」

時吉が言った。

「それなら、長吉屋で修業させるのが手っ取り早いんじゃないか、とわたしは言ったんだがね」

と、隠居。

「おとっつぁんは孫に甘すぎるから、修業にならないんじゃないかと」

おちよが笑った。

二幕目ののどか屋は凪《なぎ》のような時だった。女たちと千吉は両国橋の西詰へ呼び込みに出ている。

座敷もまだ空いていた。これ幸いとばかりに猫たちが丸まって寝ている。

「まあどこへ修業に出るにせよ、千吉さんなら大丈夫でしょう」

手習いの師匠は太鼓判を捺した。

そのとき、表で駕籠の気配がした。

のどか屋の前で止まる。

おちよが表に出ると、知った顔が額に玉の汗を浮かべていた。

「あら、丈吉さん」

おちよが声をあげた。

深川の料理屋を継いだ丈吉だった。

「味善の先代とおかみさんが、あいさつをしたいと」

駕籠について走ってきたらしい丈吉が息を切らして告げた。

「まあ、それはそれは」

おちよは瞬きをした。

ほどなく、駕籠屋の手を借り、味善の二人が姿を現した。

味善の先代は、杖を頼りに立っていた。

「丈吉が世話になりました。このたび義理の父になった、深川の味善の善兵衛《ぜんべえ》と申します」

おちよに向かって、味善の先代はていねいに礼をした。

二

「中風で思うように体が動かねえし、せがれにも死なれちまったもんで、見世をたたもうと思ってたんです」

座敷で足を伸ばした善兵衛が言った。

「わたしも善之助《ぜんのすけ》を亡くして、すっかり気落ちしてしまいましてねえ」

おかみのおくみも言う。

「それは本当にご愁傷様でございました」

茶を運んできたおちよが頭を下げた。

今日はこのあと浅草の長吉屋にもあいさつに寄るらしい。あたたまるものをということだったので、煮奴と雑煮をつくっているところだ。

松がとれているのに雑煮でもあるまいが、のどか屋の雑煮が好評で、客から所望されるから、まだ出しているのだった。

「まあ、でも、思いがけず跡継ぎが見つかって、なんとか見世だけは続いてます」

味善の善兵衛が言った。

「田楽飯が名物料理とうかがいましたが」

厨で手を動かしながら、時吉が言った。

「名物ってほどじゃねえんですが、こちらの豆腐飯と似たやり方で、味噌をたっぷり塗った田楽を丼飯にのっけて召し上がっていただいてます」

「わあ、おいしそう」

おちよが声をあげた。

「田楽だけお代わりをされるお客さんもいるんです」

おくみが笑みを浮かべた。

「昼は田楽飯ですが、二幕目はただの田楽とお酒をお出ししてます。もちろん、田楽だけじゃなくて……」

「こちらさん仕込みの豆腐飯や焼き飯もご好評をいただいてますよ」

おくみが義理の息子を制して言った。

うち見たところ、味善の夫婦と養子の丈吉との仲は良さそうだ。おちよはほっと胸をなでおろした。

「田楽も、豆腐だけじゃなくて蒟蒻や里芋や魚田《ぎょでん》などもやらせていただいてます。わたしゃこのところ座って見てるだけですが」

と、善兵衛。

「丈吉さんがあれこれ動いてくれると助かるね」

隠居が言う。

「そりゃあもう。文句の言い甲斐があります」

「どんな文句を言うのです？」

春田東明がたずねた。

「豆腐田楽は焦げたところがうまいので、わざと焦がしてやります。その火加減がむずかしいんで」

「文句ばっかり言われてます」

口ではそう言いながらも、丈吉の顔には笑みが浮かんでいた。

ここで雑煮と煮奴ができた。

旅籠のほうから戻ってきたおけいとともに座敷へ運ぶ。

香り高い一番だしを使ったのどか屋の雑煮には、時吉が搗《つ》いたこしのある角餅に、青菜に椎茸にへぎ柚子に紅白のねじり蒲鉾などが入っている。彩り豊かな心弾む雑煮だ。

　これに、削り立ての鰹節をのせ、まだ踊っているうちに供する。正月だけではもったいないと言われるのも分かるひと品だ。

「ああ、これはいいだしが出てるな」

　善兵衛が感に堪えたように言った。

「具もおいしいわよ、おまえさん」

　おくみも言う。

「煮奴もいただいたら、浅草へ回らないとな」

　善兵衛は丈吉に言った。

「浅草まででしたら、なんとか。そこから深川は駕籠じゃないと」

「はは、そりゃそうだな」

　味善の先代は笑みを浮かべた。

　そのとき、表でいくたりもの人の気配がした。

　どうやら女たちと千吉が客を連れてきたらしい。

　のどか屋は急ににぎやかになった。

三

あきないと江戸見物、二組の客の案内が終わると、やっと落ち着いた。

「やるじゃないか、二代目」

丈吉が笑顔で言った。

「旅籠の手伝いも堂に入ったものだね、千吉さん」

手習いの師匠もほめる。

「これがつとめなので」

千吉が大人びた答えをしたから、のどか屋に和気が満ちた。

「のどか屋さんは、跡取りさんが達者でいてうらやましいことですね」

煮奴を胃の腑に落としてから、おくみがぽろりと言った。

「これ、そんなことを言うんじゃない」

善兵衛がすかさずたしなめる。

「ちゃんと跡取りができたじゃないか」

同じ座敷で雑煮のお代わりを食べ終えた丈吉を指さす。

「それに、そんなことを言ったら、善之助が向こうで困った顔をするよ」

そういさめられたおくみは黙ってうなずき、目尻に指をやった。

「でも、ときどきびっくりすることがあるんですよ」

茶のお代わりを持ってきたおちよに向かって、善兵衛が言った。

「びっくりすること、ですか」

と、おちよ。

「そうなんです。丈吉が田楽を焼いたり、仕込みをしたりしているしぐさが、死んだせがれにそっくりになってきましてね。せがれがそこにいるんじゃないかと、目をこすりたくなることがあったりします」

「ああ、わたしもときどきそう思うことが」

おくみもうなずいた。

「おいらが頼りねえから、善之助さんが助けに来てくれてるのかも」

丈吉はしみじみとした口調で言った。

「あいつも……まだ料理をつくりたかったんだろうよ。だから、厨に来てるのかもしれねえな」

続けざまに瞬きをすると、善兵衛は一枚板と厨のほうを見た。

「そんなことがありましょうかねえ。そもそも、人が死んだら行くあの世はどんなところなんでしょう。せがれがいまごろどうしてるかと思うと、胸が詰まって目の前がぼやけてきます」

善兵衛は動きの鈍い左手をゆっくりと胸にやった。

「いかがですか、先生」

時吉は春田東明に答えを求めた。

「まだ生ける世のこともよく分からないから、死後の世のことなど分かるはずがない、といにしえの賢人は言いました。わたくしも同じ考えです」

学者は茶を呑み干してから続けた。

「この世のこと、あの世のこと、すべて含めて、人が分かっているのは百の中の一くらいでしょう。残りの九十九は茫漠たる霧に包まれています。それゆえ、亡き人がこの世に何らかの訪れをしたとしても、あながちそれはないこととも申せません」

春田東明は言葉を選びながら真摯《しんし》に答えた。

「なら、帰ってきてくれてるかもしれないねえ、あの子は」

おくみはしんみりとした口調で言った。

「人は死んだらどこへ行くのか、神でも仏でもないわたくしには分かりません。ただ、一つだけ間違いなく言えることがあります。人が亡くなったら、必ず行くところがあるのです」

春田東明が言った。

「おはか？」

千吉がたずねた。

「それも答えだね」

総髪の学者が笑った。

「なら、ほかにも答えがあるんですね、先生」

隠居がいくらか身を乗り出した。

「はい。人は死んだら、その人と親しかった人の心の中へ行きます。そして、さまざまな思い出とともに、ずっと長く生きつづけるのです」

それを聞いて、息子を亡くした母の目尻からほおにかけて、ひと筋の水ならざるものが伝った。

「そのとおりで……」

善兵衛は感慨深げな面持ちになった。

「あいつは、心の中で生きてる」

味善の先代は、かみしめるように言った。

四

煮奴がなくなったところで、善兵衛とおくみは腰を上げた。

杖を手放せない義父を丈吉が支える。そのさまは、まことの親子のように見えた。

おけいが駕籠屋まで走り、空いている駕籠を捕まえてきた。

「ご用意ができました」

見世の中に告げる。

「ありがたく存じました」

善兵衛が礼をする。

「お雑煮、おいしかったです」

おくみはやっと笑顔を見せた。

「今度、田楽飯をいただきにまいりますので」

時吉も白い歯を見せる。

「お待ちしております、師匠」

丈吉がいい顔で言った。

「では、わたくしも講義がありますので」

春田東明がおもむろに腰を上げた。

「なら、みなでお見送りするかね」

隠居も続く。

千吉と猫のしょうもひょこひょこと表に出た。

駕籠は二人乗りだ。

「では、これでご無礼します」

おくみを先に乗せてから、善兵衛がいくらか大儀そうに乗りこんだ。

「ようこそのお越しでした」

おちよが一礼した。

「では、師匠、これで」

丈吉が時吉に言った。

「おう、気張りすぎないくらいに気張ってやってくれ」

時吉が励ます。

「善之助さんも助けてくれるだろうからね」

隠居が温顔で言った。

「お兄ちゃん、走るの？」

千吉が問うた。

「ああ、浅草の大師匠の見世までな」

丈吉が太ももをぴしゃりとたたいた。

「千ちゃん、かけっくらする」

「浅草までか？」

「ううん、そこの大松屋の看板まで」

千吉がずいぶん近いところを指さしたから、見送りに出た面々が笑った。

ほどなく、駕籠が動き出した。

ちょうど行く手に凧が揚がった。正月は終わったのに、どこぞの酔狂な者が白い凧を揚げている。

「よーし、行くぞ」

丈吉が走り出した。

「うん」

千吉が続く。

生まれつき左足が曲がっていた千吉だが、療治の甲斐あって、脚は軽やかに動いていた。

大松屋の看板が近づいた。

丈吉はにわかに苦しそうな表情をつくり、腿を高く上げた。

そのすきをついて、わずかに早く千吉が看板についた。

「勝ったよ！」

振り向いて、大声で言う。

いくらか離れていても、花のような笑顔がはっきりと見えた。

[参考文献一覧]

志の島忠『割烹選書　冬の献立』（婦人画報社）
志の島忠『割烹選書　酒の肴春夏秋冬』（婦人画報社）
志の島忠『割烹選書　むきものと料理』（婦人画報社）
『一流板前が手ほどきする人気の日本料理』（世界文化社）
『人気の日本料理2　一流板前が手ほどきする春夏秋冬の日本料理』（世界文化社）
飯田和史『和のごはんもん』（里文出版）
『京のお弁当　料亭自慢の味』（淡交社）
島﨑とみ子『江戸のおかず帖　美味百二十選』（女子栄養大学出版部）
畑耕一郎『プロのためのわかりやすい日本料理』（柴田書店）
土井勝『日本のおかず五〇〇選』（テレビ朝日事業局出版部）
田中博敏『お通し前菜便利集』（柴田書店）

『復元・江戸情報地図』（朝日新聞社）
日置英剛編『新国史大年表　五－II』（国書刊行会）
今井金吾校訂『定本武江年表』（ちくま学芸文庫）
『京都の歴史　6伝統の定着』（学藝書林）
入江敦彦『京都人だけが知っている』（宝島社文庫）
井上章一『京都ぎらい』（朝日新書）
大淵幸治『丁寧なほどおそろしい「京ことば」の人間関係学』（祥伝社）
吉岡幸雄『日本の色辞典』（紫紅社）
ウェブサイト「旅ぐるたび」
ウェブサイト「旬の食材百科」

時代小説

二見時代小説文庫

京《きょう》なさけ　小料理《こりょうり》のどか屋《や》　人情帖《にんじょうちょう》19

著者　倉阪鬼一郎《くらさかきいちろう》

発行所　株式会社　二見書房
東京都千代田区三崎町二－一八－一一
電話　〇三－三五一五－二三一一［営業］
　　　〇三－三五一五－二三一三［編集］
振替　〇〇一七〇－四－二六三九

印刷　株式会社　堀内印刷所
製本　株式会社　村上製本所

落丁・乱丁本はお取り替えいたします。
定価は、カバーに表示してあります。

ISBN978－4－576－17024－4
http://www.futami.co.jp/

人生の一椀 小料理のどか屋 人情帖1
倉阪鬼一郎［著］

もう武士に未練はない。一介の料理人として生きる。一椀、一膳が人のさだめを変えることもある。剣を包丁に持ち替えた市井の料理人の心意気、新シリーズ！

倖せの一膳 小料理のどか屋 人情帖2
倉阪鬼一郎［著］

元は武家だが、わけあって刀を捨て、包丁に持ち替えた時吉の「のどか屋」に持ちこまれた難題とは…。心をほっこり暖める時吉とおちよの小料理。感動の第2弾！

結び豆腐 小料理のどか屋 人情帖3
倉阪鬼一郎［著］

天下一品の味を誇る長屋の豆腐屋の主が病で倒れた。このままでは店は潰れる…。のどか屋の時吉と常連客は起死回生の策で立ち上がる。表題作の他に三編を収録

手毬寿司 小料理のどか屋 人情帖4
倉阪鬼一郎［著］

江戸の町に強風が吹き荒れるなか上がった火の手。店を失った時吉とおちよは無料炊き出し屋台を引いて復興への一歩を踏み出した。苦しいときこそ人の情が心にしみる！

雪花菜飯《きらずめし》 小料理のどか屋 人情帖5
倉阪鬼一郎［著］

大火の後、神田岩本町に新たな小料理の店を開くことができた時吉とおちよ。だが同じ町内にけれん料理の黄金屋金多が店開きし、意趣返しに「のどか屋」を潰しにかかり…

面影汁 小料理のどか屋 人情帖6
倉阪鬼一郎［著］

江戸城の将軍家斉から出張料理の依頼！ 隠密・安東満三郎の案内で時吉は江戸城へ。家斉公には喜ばれたものの、知ってはならぬ秘密の会話を耳にしてしまった故に…

命のたれ 小料理のどか屋 人情帖7
倉阪鬼一郎［著］

とうてい信じられない、世にも不思議な異変が起きてしまった！　思わず胸があつくなる！　時を超えて伝えられる命のたれの秘密とは？　感動の人気シリーズ第7弾

夢のれん 小料理のどか屋 人情帖8
倉阪鬼一郎［著］

大火で両親と店を失った若者が時吉の弟子に。皆の暖かい励ましで「初心の屋台」で街に出たが、謎の事件に巻きこまれた！　団子と包玉子を求める剣呑な侍の正体は？

味の船 小料理のどか屋 人情帖9
倉阪鬼一郎［著］

もと侍の料理人時吉のもとに同郷の藩士が顔を見せて、相談事があるという。遠い国許で闘病中の藩主に、もう一度、江戸の料理を食していただきたいというのだが。

希望《のぞみ》粥 小料理のどか屋 人情帖10
倉阪鬼一郎［著］

神田多町の大火で焼け出された人々に、時吉とおちよの救け屋台が温かい椀を出していた。折しも江戸では男児ばかりが行方不明になるという奇妙な事件が連続しており…。

心あかり 小料理のどか屋 人情帖11
倉阪鬼一郎［著］

「のどか屋」に、凄腕の料理人が舞い込んだ。二十年前に修行の旅に出たが、残してきた愛娘と恋女房への想いは深まるばかり。今さら会えぬと強がりを言っていたのだが…。

江戸は負けず 小料理のどか屋 人情帖12
倉阪鬼一郎［著］

昼飯の客で賑わう「のどか屋」に半鐘の音が飛び込んできた。火は近い。小さな倅を背負い、女房と風下へ逃げ出した時吉。…と、火の粉が舞う道の端から赤子の泣き声が！

ほっこり宿 小料理のどか屋 人情帖13
倉阪鬼一郎［著］

大火で焼失したのどか屋は、さまざまな人の助けも得て旅籠付きの小料理屋として再開することになった。「ほっこり宿」と評判の宿に、今日も訳ありの家族客が…。

江戸前祝い膳 小料理のどか屋 人情帖14
倉阪鬼一郎［著］

十四歳の娘を連れた両親が宿をとった。娘は兄の形見の絵筆を胸に、根岸の老絵師の弟子になりたいと願うが。同じ日、上州から船大工を名乗る五人組が投宿して…。

ここで生きる 小料理のどか屋 人情帖15
倉阪鬼一郎［著］

のどか屋に網元船宿の跡取りが修業にやって来た。その由吉、腕はそこそこだが魚の目が怖くてさばけないという。ある日由吉が書置きを残して消えてしまい…。

天保つむぎ糸 小料理のどか屋 人情帖16
倉阪鬼一郎［著］

桜の季節、時吉は野田の醤油醸造元から招かれ、息子千吉を連れて出張料理に出かけた。その折、足を延ばした結城で店からいい香りが…。そこにはもう一つのどか屋が!?

ほまれの指 小料理のどか屋 人情帖17
倉阪鬼一郎［著］

のどか屋を手伝うおしんは、出奔中の父を見かけた。父は浮世絵版木彫りの名人だったが、故あって家を捨てていた。死んだおしんの弟の遺した鉋《かんな》を懐にした父は……。

走れ、千吉 小料理のどか屋 人情帖18
倉阪鬼一郎［著］

のどか屋に素人落語家の元松が宿をとった。夜ふけに元松は思い詰めた顔で大川に向かった。気づいたのどか屋の一人息子千吉は不自由な左足で必死に後を追うが…。

隠密奉行 柘植長門守《つげながとのかみ》 松平定信の懐刀

藤 水名子［著］

江戸に戻った柘植長門守は、幕府の俊英・松平定信から密命を託される。伊賀を継ぐ忍び奉行が、幕府にはびこる悪を人知れず闇に葬る！ 新シリーズ第1弾！

将軍家の姫 隠密奉行 柘植長門守2

藤 水名子［著］

定信や長門守の屋敷が何者かに襲われ、将軍家の後嗣を巡って、御台所になるはずだった次期老中松平定信の妹・種姫に疑惑が持ち上がる。長門守が闇に戦う！

地獄耳1 奥祐筆秘聞

和久田正明［著］

飛脚屋の居候は奥祐筆組頭・烏丸菊次郎の世を忍ぶ仮の姿だった。御家断絶必定の密書を巡る謎の仕掛人の真の目的は？ 菊次郎と〝地獄耳〟の仲間たちが悪を討つ！

地獄耳2 金座の紅《べに》

和久田正明［著］

髷の下は丸坊主の町娘の死骸が無住寺で見つかる。下手人を追う地獄耳たちは金座の女番頭に行きつくが、そこには幕府を操る悪が…。地獄耳が悪貨を駆逐する！

つけ狙う女 隠居右善《うぜん》 江戸を走る1

喜安幸夫［著］

凄腕隠密廻り同心・児島右善は隠居後、人気女鍼師《はりし》の弟子として世のため人のため役に立つべく鍼の修業にいそしんでいた。その右善を狙う謎の女とは――!?

妖《あや》かしの娘 隠居右善 江戸を走る2

喜安幸夫［著］

江戸では、養女の祟りに見舞われたと噂の大店質屋に不幸が続き、女童《めわらべ》幽霊も目撃されていた。そんななか探索中の右善を家宝の名刀を盗られたと旗本が訪れて…

将軍の跡継ぎ　御庭番の二代目1
氷月葵［著］

家継の養子となり、将軍を継いだ元紀州藩主・吉宗。吉宗に伴われ、江戸に入った薬込役・宮地家二代目「加門」に将軍吉宗から直命下る。世継ぎの家重を護れ！

藩主の乱　御庭番の二代目2
氷月葵［著］

御庭番二代目の加門に将軍後継家重から下命。将軍の政に異を唱える尾張藩主・徳川宗春の著書『温知政要』を入手・精査し、尾張藩の内情を探れというのであるが…

上様の笠　御庭番の二代目3
氷月葵［著］

路上で浪人が斬られ、その懐には将軍への訴えを記した血塗れの〝目安〟が……。若き御庭番・加門に八代将軍吉宗から直命！米価高騰に絡む諸悪を暴け！

閻魔の女房　北町影同心1
沖田正午［著］

巽真之介は北町奉行所で「閻魔の使い」とも呼ばれる凄腕同心。その女房の音乃は、北町奉行を唸らせ夫も驚くほどの機知にも優れた剣の達人！新シリーズ第1弾！

過去からの密命　北町影同心2
沖田正午［著］

音乃は亡き夫・巽真之介の父である元臨時廻り同心の丈一郎とともに、奉行直々の影同心として働くことになった。嫁と義父が十二年前の事件の闇を抉り出す！

挑まれた戦い　北町影同心3
沖田正午［著］

音乃の実父義兵衛が賂《まいない》の罪で捕らえられてしまう。無実の証を探し始めた音乃と義父丈一郎だが、義父もあらぬ疑いで…。絶体絶命の音乃は、二人の父を救えるのか!?

目眩《めくら》み万両　北町影同心4
沖田正午［著］

北町奉行所の吟味与力が溺死体で見つかり自害とされたが、奉行から音乃と義父・丈一郎にその死の真相を探るよう密命が下る。背後に裏富講なる秘密組織が浮かび…。